文春文庫

駐車場のねこ

嶋津輝

文藝春秋

目次

駐車場のねこ

ラインのふたり

終業時刻より十五分早く予定の個数が捌《さば》け、早めに帰れることになった。給料は時給ではなく日給計算なので、ラインの作業員全員が得をしたかっこうだ。中年の女性たちがいっせいにエプロンを外し、壁際のロッカーから各々のかばんを取り出す。亜耶《あや》は霧子《きりこ》に目配せもなく、足早に倉庫から出ていった。他の人々はみな正門に向かうが、亜耶だけは群れから離れ、倉庫の右側に回っていく。霧子も一定の距離を置いてそれを追いかける。

広大な駐車場の端っこに、えんじ色の古い軽自動車が停まっている。その小さな旧式のミラは、一度も洗車していないのかというくらい凄《すさ》まじい砂埃《すなぼこり》を被り、遠目にも妙な存在感を放つ。

霧子が早歩きでミラにたどり着いたとき、亜耶はもう運転席に納まっていた。

助手席に乗りこんだ霧子に亜耶は、

「五時過ぎるまで待とう」

と言い、霧子の前に手を伸ばしてグローブボックスを開ける。

亜耶は〝かにぱん〟を取り出し、念入りに磨《みが》きこまれた爪を立てて袋を破った。空腹が過ぎると手足が震えて運転に差し支えるとかで、車に乗りこむと同時に何かしら食べ始めるのだ。

五時を過ぎ、駐車場にぽつぽつ人が現れはじめた。

亜耶は胴体だけとなったかにぱんをサンバイザーに挟《はさ》み、キーを回すやいなや発進し、車の群れにまぎれて守衛の前を通り過ぎる。スピードはさほど出ていないが、ミラはアクセルをベタ踏みしているかのような甲高《かんだか》いエンジン音を響かせ、窓は小刻《こきざ》みに振動する。

工業団地を抜けたところで横浜駅西口行きの路線バスに追いついた。

霧子が助手席から見上げると、同じラインにいたであろう作業員たちがぎゅうぎゅうに詰まっている。自動車通勤が許されているのは正社員だけで、日雇いのアルバイトたちは公共のバスを利用しなければならないのだ。亜耶はルール違反が露見しないよう、なるべく正社員に紛《まぎ》れて車を出すようにしている。

霧子たちは横浜駅近くの路上パーキングに車を停め、夕食は何にしようか相談しながら繁華街方面へ歩く。ドラッグストアの前を通りかかったところで、亜耶が突如店内に吸いこまれた。特売品でもあるのかと霧子もついて行くと、

「これこれ、なつかしい」

と、亜耶がシャンプー売り場を指差す。

光を放つ爪の先にある紫色のボトルを見て、霧子は一瞬何のことかわからなかったが、商品のロゴマークを眺めているうち記憶が甦《よみがえ》ってきた。

「ああ、あのときの」

「ね。ちゃんと定番として生き残ってるんだね」

亜耶はシャンプーのボトルを手にとり、成分表示の欄を読もうとして目を細め、「見えない」と呟《つぶや》いて陳列棚にそれを戻した。

霧子は、このシャンプーが発売されたときの試供品を詰めるアルバイトで、亜耶と知り合った。

そのころ霧子は横浜に引越してきたばかりで、就職先を探していた。繋《つな》ぎとして短期の職も物色しており、コンビニに置いてある無料のアルバイト情報誌で「倉庫内軽作業」という求人を見つけたので、応募してみた。一日だけでもＯＫ、給料即日払いという手軽さが気に入った。

初めての作業はシャンプーの試供品をセットする仕事で、ラインの大半は一回分の使用量のシャンプーとコンディショナーがシート状につながっているのをミシン目から裂き、一組ずつに切り離す作業をする。霧子がたまたま立ったラインの末尾は、厚紙のケースを折って試供品を詰めこんでいく係だった。

霧子はわりとすぐ作業にのめりこんだ。

あっという間に昼休みの時間になり、二階の休憩室に移動し弁当を広げる。職場周辺にはコンビニひとつないから、昼食は各自持参するよう言われていた。肉体労働ゆえ腹持ちするものばかり持ってきており、メインはピーマンの肉詰めである。数日前、テレビで場末のスナックの人気おつまみとして出てきたのが美味しそうで、前の晩から仕込んでおいたのだ。

隣の女性は、旅行のパンフレットを読み物としてわざわざ持ってきたのか、温泉の写真が載ったページを行きつ戻りつしながら、丹念に眺めている。そのパンフレット脇に置かれたステンレス製の弁当箱には、ピーマンの肉詰めがぎっしり並んでいた。同じ番組を見たのだろうか——肉詰めの数がいやに多いのも気になって、霧子はつい見てしまう。箸《はし》を往復させるふくよかな手首と花柄のエプロンが目に入ったが、顔までは覗き見なかった。

午後も同じ持ち場で、作業に慣れてきた霧子はときに手持ち無沙汰になった。ラインの上流からのシャンプー類の供給が追いつかないのである。

倉庫内では灰色の作業服の社員数名がラインを監視し、一番若そうで背の高い眼鏡の女性が、「ちゃんと手ぇ動かしてねー」と大声で言って回っている。

そう言うのならばシャンプー類をもっと潤沢《じゅんたく》に流してほしい、と霧子は不愉快になったが、じきにミシン目裂き係の人員が補充されたのか、ラインの流れが俄《にわ》かに速くなってきた。霧子が厚紙をまとめて折るなどして作業の速度を上げると、正面にいるひとの手の動きもつられたように速くなる。花柄のエプロンを着け、腕まくりした手首がむっちりと張っているのが目に入り、さっきのピーマンの肉詰めのひとだ、と気がついた。

顔を盗み見ると、伏せた目は細く、丸い顎の下にたっぷり肉が溜まっている。無造作に束ねた茶色い髪、くっきり描かれた眉、青味がかったピンクの口紅。それこそ場末のスナックの、ベテラン名物ママのような容貌である。

霧子は、彼女の手元に目を奪われた。

全身肉づきがいいわりにすんなりと細い指が、楽器の早弾きのように絶え間なく動いて、シャンプー類を次々とケースに収めていく。指が綺麗という自覚があるのか、爪は楕円形《だえんけい》に整えられ、光沢が出るまで磨きこまれている。

彼女は封入作業をしているというより、ただその美しい指をひらひらと動かしているだけのように見えた。霧子よりいくぶん年嵩《としかさ》なのだろうが、疲れも見せず軽やかに作業を続けている。ほとんどまばたきもせず乙に澄ました眼差しは、手元に集中しているというより、光る爪をうっとり見つめているようでもあった。

処理スピードは霧子とだいたい同じで、ライン中でおそらく最速のレベルにある。霧子は、向こうもこちらを見ている気配をときおり感じた。おかげで集中を保つことができ、昼食後から続いていた胃のもたれも徐々になくなり、やがて空腹を感じるようになったころ終業となった。

横浜駅に向かう帰りのバスは、ひどく混んでいた。工事で一車線つぶれて車列が進まず、おまけにバスの暖房が効きすぎていた。人いきれに蒸《む》され、空腹のためブレーキがかかるたび胃液が上がってくる。深呼吸して吐き気を抑えこもうとしたが、だんだん頭が締めつけられるようになり、視界が狭《せば》まる。嘔吐《おうと》だけは避けなければ——と倒れこむようにして、窓を開けさせてもらった。冷たい外気が入ってきて、ああ助かった、と思ったのも束の間、そこにいつの間にか降り始めた雨粒が混じっていることに気がついた。すぐに窓を閉じなければ、と思うが、もう少し冷たい空気を吸わなければ、ほんとうに、ここで戻してしまう。

必死に深呼吸を繰り返していると、開けた窓の脇に座っている男性が、

「あの、濡れるんで閉めていいですか」

と、迷惑顔で言ってきた。

霧子は、あとちょっとだけ、とすがりつくような思いで男性を見た。しかし男性は、非難に満ちた眼差しで霧子を見返している。いっそ次のバス停で降りたいが、身動きす

らままならない状況で出入口にたどり着くのも絶望的に思えた。前かがみになり、息もたえだえに窓を閉めようとする。そこへ、

「我慢しな」

と、すぐ後ろから声が飛んできた。

今にも戻しそうな霧子の様子を見て、吐くのは我慢しな、と誰かが言っているのだろうと思った。

声のほうに首を捻《ね》じ曲げて見ると、スナックのベテランママ然とした、あの仕事の速いひとの大きな顔が、すぐそこにあった。

ママは霧子の肩をつかんで、窓を閉めようとしているところを止めた。

「このひと、車酔いしてるの見ればわかるでしょ。ちょっとの雨ぐらい我慢しなよ」

低い声で、座っている男に向かって言っているのだった。

男はおびえる目で彼女を見上げたのち、舌打ちしてさも忌々《いまいま》しそうにフリースジャケットの首元を引き上げ、そこに顔を埋めて寝たふりを始めた。

「……すみません」

と霧子は誰に言うともなく呟き、しばらく外気を吸わせてもらった。

バスを降りてから礼を言うと、彼女は何の反応も示さず、霧子の顔をじっと見てから訊いてきた。

「このまま給料貰いに行く？」

「――事務所の場所わからないんで、一緒に行っていいですか？」

「え、ひょっとして今日が初めてなの？」

細い目を剝《む》いて驚いている。

彼女は道すがら、こういった日雇いの軽作業をもう二年くらい続けている、と話した。どうりで仕事が速い、と霧子が納得したのを見てか、

「でもシャンプーの試供品は今日が初めて」

と、つけ足した。

事務所は細い雑居ビルにあり、彼女はカウンターに置かれた用紙に「山田亜耶《やまだ》」という氏名と住所を書き入れ、事務員に免許証を見せて日給を受け取る。霧子も真似して免許証と印鑑を出し、今日一日の労働の成果をむきだしの現金で受け取った。

それを財布にしまうと給料はもう他のお札や小銭に溶けこんで、つい先ほどまでラインで働いていたことなど忘れてしまいそうになる。

霧子は事務所を出ようとした。するとそれを亜耶が引き止め、カウンター脇に掲示されたスケジュール表を指差して「来週月・火のって、今日と同じ倉庫ですよね？　じゃあ、この二人入れといてください」と、仕事の登録をしようとする。霧子は慌てて、

「あ、私はもう今日で辞めようと思ってるんです」

と亜耶を止めようとした。もう、あのバスには乗りたくない。しかし亜耶は、

「まあまあ、いいから」

と、霧子を押すようにしてちょうどドアが開いたエレベーターに乗りこんでしまう。

そして、

「辞めたいのって、バスがいやだからでしょう?」

細い目をさらに細めて覗きこんでくる。

「まあ、そうですけど……」

「あなたの家も西区でしょ? うちの車に乗せてってあげる、って言ったら、どう?」

「えっ?」

「明日で免停が解《と》けるのよ。来週からマイカー通勤に戻すから、一緒に乗っけてってあげる」

「え、でもバイトの車通勤ってだめなんじゃ……」

「あんなだだっ広い駐車場、バレっこないって」

通勤が楽になるのであれば、来週ぐらいまで続けてもいいか、という気になった。バスで救いの手を差し伸べてもらった恩もあるし、加えて、亜耶のカジュアルな雰囲気にくつろぎ始めていたせいもある。

結局バイトは、あれからおよそ半年続いている。

倉庫内軽作業従事者の朝は早い。五時半には携帯のアラームが鳴る。弁当を買って済ませばもっとゆっくりしていられるが、食べるものくらいは気を遣いたいし、もう、早起きはさほど苦にならない年頃である。

昨夜マリネしておいた鶏の胸肉を焼き、生野菜と一緒にトーストした食パンに挟む。お米は胃にもたれるので、パンにすることが多くなった。サンドイッチだけでは休憩時間の間《ま》がもたないから、カットしたりんごとメロンを、亜耶のぶんも含めて多めにタッパーに詰める。亜耶がガソリン代を受け取ってくれないので、たまにデザートになるものを二人前用意している。

洗いたてのエプロンと昼食をバッグに詰め、徒歩数分の浅間下《せんげんした》の交差点に向かった。いつものガードレール脇に立っていると間もなく、ぼた餅にきな粉をまぶしたようなミラが現れ、霧子を拾ってゆく。

帰りも、一緒に食事するとき以外はこの交差点で降ろされる。互いがどの辺に住んでいるかだいたいわかっているが、家の前まで行き来はしない。

「今日からしばらくジャミラのとこの倉庫か……」

億劫《おっくう》そうに、エンジン音に溶けこみそうな声で亜耶が呟く。

〝ジャミラ〟というのは、ふたりが出会った倉庫で「ちゃんと手ぇ動かしてねー」とがなり立てながらラインを監視していた、大柄な若手女性社員のことである。日雇い軽作業の勤務先は市内各所の宅配業者から港湾地区の倉庫まで多岐にわたるが、ジャミラさんがいる倉庫に派遣される機会が多かった。

ふたりが行くたびジャミラさんは、「ちゃんと手ぇ動かしてねー」と律儀《りちぎ》に声を張り上げている。ラインの流れがスムースで、みなが絶えず手を動かしているときでもそう言う。

当然聞かされるほうは面白くない。ジャミラさんの声が轟《とどろ》くと霧子と亜耶は手を止めずに目配せをする。もちろん帰りの車内では陰口を叩く。頻繁に話題に上るのでじきにあだ名がついた。灰色の作業服を着てラインを回る彼女を見て、霧子が「彼女、大柄なうえ肩幅あるから威圧感がすごいわ」とため息をついていたら、亜耶が「首が短いくせに肩いからせてるから、頭と繋がって見えるんだよ」と笑い、「ジャミラみたいだ」と言い出したのである。

霧子はジャミラと聞いてピンとこなかったが、あとから画像検索し、その初期のウルトラ怪獣の風貌を思い出した。塗り壁のような広い肩の真ん中に顔がはまりこんでいて、これはさすがにひどいと思ったが、結局ジャミラさんで定着している。

今日からの仕事は石鹼《せっけん》の箱詰めである。そう工夫のしようもなく霧子は張り合いがない。午前中が長く感じた。

昼休み、すっかり馴染《なじ》んだ広い休憩室でふたり、カットフルーツをつまむ。正面に座る亜耶は通販カタログを広げている。

右手でりんごをつまみ、左手でページをめくっている。相変わらず磨きこまれた爪を輝かせながら、優雅な動きでページを繰《く》り、おもむろに押入れ収納のページの角を折る。

そのとき左の肘が亜耶の水筒に当たり、それが倒れて机の上を転がっていった。

水筒は隣のひとの開封前の菓子パンに当たって止まった。亜耶は気づいていないのか、エプロンのポケットからペンを取り出し、商品番号を丸で囲っている。

隣は四十がらみのきつい顔立ちの女性で、スマートフォンから目線を水筒に移し、しばし亜耶と水筒を交互に見やった。亜耶はまだ俯《うつむ》いたまま、他のページの商品を見ている。

女性は眉をひそめて水筒を手の甲で軽く払い、水筒はごろごろと鈍い音をたてて元のほうへ転がっていった。しかし亜耶の肘に当たってまた菓子パンのところまで戻ってしまう。ふたたび目の前で止まった水筒を見て、女性は舌打ちし、

「ちょっと」

と尖《とが》った口調で亜耶に声をかけた。

亜耶はほんの一瞬水筒を見て、しかしページをめくる手は止めず、

「あ――、いま終わるから」

などと言う。

隣の女性はきつい顔をますます険しくして「はあ？」と身を乗り出してきた。霧子も呆れて「ちょっと、何言ってんの」と小声でたしなめながら亜耶の顔を覗きこむが、カタログから顔を上げようとしない。

すみません、と霧子が謝って、腰を浮かせて水筒をとり、亜耶の右側に置いた。女性は気が済まないのかしばらく亜耶を横目で睨み、やがて椅子をガタンと鳴らしながら立ち上がって列の端っこに移った。移ってからも、亜耶に殺し屋のような目線を送りながら菓子パンをかじっている。

亜耶は昼休みが終わるまでカタログを見ていた。

作業場に移動しながら霧子が、「自分の水筒が転がっていってんのに、いま終わるから、はないんじゃない？」と穏やかに非難したところ、

「だって、千円割引のクーポンが今日の夕方までなのよ」

けろりとして言う。

「そんなの、隣のひとに関係ないじゃない」

「そりゃそうだけど、他人の水筒が転がってきてるくらい我慢したっていいじゃない？どうせ昼休みの間だけなんだし」

霧子は一瞬詰まった。そもそも、期限ギリギリに注文するほうが悪いのでは？　とい

う反論がすぐ頭に浮かんだが、階段を降りる亜耶の薄くなりかけたつむじを見ていたら、何も言う気がなくなった。

出会った日、帰りのバスでの「我慢しな」は霧子を助けたが、今日のようなこともある。

もっとも、他人に我慢を強《し》いるだけあって、亜耶には寛容なところがある。運転中どんなにマナーが悪い車がいても、苛つくことはない。ごく普通の速度で走っているのに（車はポンコツだが、亜耶の運転は割と上手い）、さんざんクラクションを鳴らしたあげく猛烈なスピードで追い越していくような車がいても、「あれは死ぬね」と鼻歌まじりに呟くだけである。

そんな亜耶でも、寛容になれないひとがいる。

今日も「ちゃんと手ぇ動かしてねー」と言って回っている、ジャミラさんである。

午前中は姿が見えなくて安心していたのだが、午後になると現れ、ふたりのラインの脇を通るときも声をがならせていた。

亜耶はプロ雀士のような華麗な手つきで石鹸を並べながら、忌々しそうな視線を霧子に向けてきた。そのあと霧子の後ろを通って行ったジャミラさんを、さっきの昼休みの女性のような険しい顔で、姿が消えるまで見送っていた。

「あたしは一流の人間が好き」

おまかせ十本セットが千百円の串揚げ屋で言うセリフではない。

「ジャミラの台詞《せりふ》には芸がない。だから好きじゃない」

連続勤務も数日が経ち、亜耶は苛立ちを募《つの》らせていた。

ライン現場でのジャミラさんの仕事は、基本的には、「ちゃんと手ぇ動かしてねー」と不思議な抑揚をつけて偉そうに言って回っているだけである。たしかに、芸がないといえば芸がない。

「だいたい、あの鼻にかかった言い方がムカつくんだよ」

「ああ、あの、駅のホームのアナウンスみたいな」

「そうそう。二番線、電車入りますので白線の内側までお下がりくださいー、ちゃんと手ぇ動かしてくださいー」

「はは、似てる。あとアレ、ボクシングのリングアナは？」

「赤コーナー、千三百六十パウンドー、挑戦者ー、ちゃんと手ぇ動かしてねー」

「ふ、うまいうまい。でも千三百って、桁《けた》がぜんぜんちがう……」

笑っていても霧子はすぐ気がふさぐ。

「それに、今日のはいくらなんでも失礼だよ。年上に向かって」亜耶はふたたび憤《いきどお》る。

今日、いつもは空に向かって吐かれるようなジャミラさんの例の言葉が、霧子だけに向けられてきた。

言い訳ではないが、霧子は体調が優れなかったのだ。

遂にあがったか、と思っていたものが、昨晩三カ月ぶりにやってきた。間隔が開いたぶん凝縮されているのか、生理痛がひどく重かった。

あまりにつらかったので昼休みに鎮痛剤を規定量の倍飲んだ。今日の作業はボディーソープと石鹼の箱詰めだったが、ふだん飲まない薬が効きすぎてぼうっとしてしまい、ボディーソープのボトルをつかんだまま動きが止まっていることに自分でも気づかなかった。

ジャミラさんの声が遠くから聞こえていた。それが徐々に近づいているような気はしていたが、ぼやけた頭にはまだ距離があるように感じていた。急にすぐそこでズック靴の底が擦れる音がし、身構えた瞬間、

「ちゃんと手ぇ動かしてねっ」

聞きなれた言葉が耳の真横から飛びこんできた。

霧子は立ったまま身体が眠りかけていたのか、みっともないことに全身がびくっと震え、横を見ると、至近距離にジャミラさんの顔があった。

縁なし眼鏡の奥の小さい目が、射るように霧子を凝視している。

狼狽《うろた》えた霧子は「すみません」と謝ってすぐに箱詰めを再開した。しかし終業まで調

子は出ず、作業スピードを上げる意欲も湧かなくて、萎《しお》れたまま一日を終えた。

夕方になっても身体はだるいままだったが、家で夕食を作る気にもならず、亜耶の誘いに乗って串揚げ屋に来ている。

亜耶はごつごつした四角い形の串揚げをかじり、その中身を見て目を剝いて「なんと、シュウマイ」と、こちらに断面を見せてくる。

岩石のような串揚げを食べる元気は霧子にはなかった。ジャミラさんの冷ややかな目線が、いまも脳裏に迫っている。

なんというか、容疑者の手配写真みたいな無表情だった。

そして間近で見る頰は、本家のジャミラと違って思いのほか肌理《きめ》が細かく、若々しかった。

あんな若い子に、あんな叱られ方をして――。

しかも、普段はラインのなかで一番仕事が速いのに――。

霧子は泣きたくなった。運転する亜耶に遠慮していつも酒は我慢しているが、今日は飲みたい気分だった。

「ジャミラのやつ、あんたが一流だから嫉妬してんのよ」

亜耶が思いがけないことを言う。

「一流って、ただ単純作業が速いだけでしょ」

「いや、一流だね。あたしがミラに乗せたのはあんただけだから」

亜耶はそう言うが、霧子は、きまった時間のなかでひとつでも多くの完成品をつくろうと結果を求めているだけだ。一流二流の話ではなく、ただの心がけの問題である。

家に帰ってから、良くないと思いつつ鎮痛剤といっしょに結局酒を飲んだ。酔いが回ってみると改めて亜耶の言葉が思い出され、霧子は嗤《わら》った。

霧子に言わせれば、亜耶こそ一流である。

霧子は凡才をやる気で補っているだけで、亜耶のあの見事な手さばきこそ天与のものである。

なんでそんなに速く手を動かせるの？　と、帰りの車中で訊いたことがある。

ただ乱暴に早く捌くだけなら理解できるが、ひらひら舞うようにあれほど素早く、しかも正確に作業をこなせるのは不可思議ですらある。亜耶の過去にもちょっと興味がわいた。

亜耶は赤信号でしばし考え込み、発進すると同時に、

「やっぱ生まれつき手先が器用なのと、目もいいんだろうね。シャゲキだってすぐに上手くなったから」

「シャゲキ？」

今はもう老眼だけどね、と嗤う亜耶に、シャゲキって、あの、射つ射撃？　と霧子が

問うと、そう、高校と大学で、ライフル競技やってたんだ、と話し出した。

高校に射撃部があったが、部員は三年生の男子が二名と二年の女子一名きりの弱小部だった。十五歳の亜耶は射撃になど興味はなく、そもそも部活動すらやる気はなかったのだが、射撃部の顧問である美術教師がひどく好みだったらしい。

「もう定年間際のオッサンなんだけど、露口茂《つゆぐちしげる》ばりに渋くて、そりゃあ素敵だったの」

亜耶はうっとりと話す。

入部したとたんに亜耶は頭角を現し、高二、高三と全国大会にも出た。優勝は逃したがそれなりの成績を残し、スポーツで有名な国立大学に推薦入学を果たした。他競技を含む一流のアスリートに囲まれて学生生活を送り、本物を見る目が養われたそうである。射撃は卒業と同時に辞めた。警官や自衛官になる道もあったが、迷った末どちらにも進まなかった。

「二十歳過ぎてから太り出したしね。きつい訓練に耐えられそうにないし」

卒業後は短期の派遣やアルバイトを転々とし、ようやく落ち着いたのがいまの軽作業だという。霧子は意外な経歴にただ吃驚《びっくり》して、露口茂似の渋い顧問、とやらについて詳しく聞くのを忘れてしまった。

その次の日、亜耶は車の後部座席に高校の卒業アルバムを乗せてきた。

「ね、素敵でしょう」

部活動のページを開いて見せてくる。バトントワリング部の部員たちの華やかな写真の隣に、亜耶と、たしかに「太陽にほえろ！」の山《やま》さんに似た、顧問の先生の写真があった。

他の運動部員はユニフォーム着用なのに、なぜか亜耶はブレザーの制服姿で、短めのウェーブヘアにツイードのジャケットを着こんだ顧問と二人並んで写っている。卒業アルバムの部活動ページのなかで、その一枚だけが明らかに異色だった。しっとりとセピア色を帯び、そのくせ妙にピントが合って、出征前夜の記念撮影でもあるかのように時代がかっている。霧子はなによりツーショットという点が気になり、「ふ、ふたりだけ？」と尋ねると、「後輩が入部してこなくて、三年生のときはずっとふたりっきりだったの」と遠い目をする。

いまより痩《や》せていて髪も黒い亜耶は、残念ながらとくに可愛くはなく、あどけなくもなかった。アルバムを閉じて返すとき表紙の卒業年度が目に入り、自分と亜耶はそう年が離れていない事実を知った。亜耶のことを場末のスナックのベテランママのようだと思っていた霧子には衝撃であった。

あのときの妙に古めかしい写真を思い出し、鎮痛剤が効いてきた霧子は、ニヤつきながら眠りについた。

週末は、西口の繁華街にある大型スーパーで食材をまとめ買いする。買い物袋をふたつ下げ、土曜日も開いているハローワークに寄ってみた。就職活動はいちおう継続していて、月に一回は求人の閲覧に来ている。

いつも通り、百貨店・スーパーの職を探すが、霧子が望むような求人はない。この業種で、霧子の年齢で応募できそうなのは、パートの募集だけだ。

たまには窓口の職員に相談してみようかな、と腰を浮かすが、袋のなかの肉や魚が気になり、端末検索にとどめておくことにする。

かつて霧子は、大手スーパーでパート従業員たちを束ねていた。シフトを決め、新人の研修をし、相談を持ちかけられれば乗っていた。パートという身分を軽く見ていたわけではないが、いまさらあの位置に自分が収まることには抵抗がある。

総合職という名称ではなかったがいわゆる幹部候補職で、新卒で入って惣菜の調理補助から始まりレジや商品の陳列、在庫管理から発注など一通りの仕事を徐々に覚えていった。パートとアルバイトの取りまとめも任され、店舗の異動もした。店舗展開は関東全域に及び、霧子は地元の神奈川から東京、千葉の店舗を転々とした。千葉はさすがに遠かったが、横須賀線《よこすかせん》がそのまま総武線《そうぶせん》快速につながるのでなんとか自宅から通勤できた。

それが勤続二十五年を超えたころ、栃木《とちぎ》県内の店舗へ異動辞令が出た。

初めての転居を伴う異動を、霧子は前向きにとらえた。あらゆる地域の特色ある店舗を経験し、おそらく次は東京や神奈川に戻って、ついに店長にしてもらえるのだろうと。

だが栃木の店舗では、曖昧で場当たり的な仕事しか与えられなかった。

ステンレス鍋の余剰在庫があるから捌くようにフロアマネージャーに言われ、ひとりでワゴンを引っ張ってきて特設売り場をつくり、何日もそこに立って客に声を掛け続けた。それでもたいして売り上げは上がらず、さぼっていたと責められ、わずかでも値引きできないか尋ねると、それは拒否された。

その異動が、自主退職に追いこむための嫌がらせであると想像すらしなかったのは、我ながら世間知らずだったと思う。

会社の業績が悪化しているのはもちろんわかっていた。不採算店舗はどんどん閉じられていたし、新卒の正社員採用はもう何年も行っていなかった。

店長とフロアマネージャーが「飛ばされるとなったら辞めるだろうと聞いてたのに、本当に引っ越してきちゃって」と話しているのを立ち聞き、それが霧子のことを話していると悟ったとき、人生の半分以上を嘲笑《あざわら》われた気になった。呆然と過ごしているうち本社から希望退職者の募集が発表され、霧子はすぐに手を挙げた。

退職後、ほどなく地元の横浜に戻った。

生家は戸塚区にある。庭付きの古い戸建で、両親と妹夫婦が共同で建て替えようという話になっていた。霧子が会社を辞めることを家族に報告しに帰ったところ、妹は、「じゃあ姉ちゃんも名義に加わってもらって、みんなで一緒に住もうよ。もともと二世帯住宅じゃなくて玄関もキッチンもひとつにして、わいわい暮らそうって言ってたんだ」と、何の曇りもない顔で誘ってくれた。

でも霧子には出戻りのような気まずさがあって、今まで住んだことのない繁華街の近くに身を置いてみたかったこともあり、横浜駅から徒歩圏内の今のアパートに住み始めた。

日雇いの軽作業の収入では、家賃と光熱費ぐらいしかカバーできない。割増退職金も貰ったが、貯金を取り崩しながらの生活である。

すぐに定職に就きたいという逼迫《ひっぱく》感はない。望まない仕事でも、というほどの気概もまだ湧いてこない。スーパーで働けば、自分はすぐにでも役に立つという自信はある。

それでも一応端末で、業種ではなく地域だけを限定して検索し直してみる。

横浜市内という条件だけで見ると、種々雑多の職業が現れる。営業事務が多い。あとは保険の外交員や、病院の受付か。

とくに興味を引くものはなくページ送りをしたところ、ある求人に目が止まり、マウスを扱う霧子の手も止まった。

休み明け、ジャミラさんの倉庫での連続勤務も二週目に入った。

霧子は車に乗りこむやいなや「一昨日ハローワークに行ったんだけど」と喋《しゃべ》り出した。するとと「まだ探してんだ」と、呆れたような口調で亜耶が言う。スーパーに正社員で就職したいということは、前の職場を辞めた経緯も含めてすでに話している。

貯金を取り崩して生活している、ということまでは話していない。

亜耶が母親と住むマンションは持ち家だし、食費や光熱費は親の年金で賄《まかな》われていて、小遣いさえ稼げれば不自由はしないらしい。亜耶は当面日雇いの軽作業を続けるつもりで、そしておそらく、霧子にもそうして欲しいと思っている。

「――いまの職場で、正社員募集してたわよ」

「へえ。仕事内容は？」

「それがズバリ、あの灰色の作業服着て、ライン監督したり、前後のもろもろの手配とか」

「ほお――」

亜耶が目を輝かせたのを横目で確認し、霧子は、

「受けてみたら？」

と言ってみた。

亜耶は信号で停車してから、「はあ？」と上半身ごとこちらに向いた。

「なに言ってんの？　あたしはラインの監督なんかやる気ない。箱詰めや検品やらせりゃ一流だし、いっしょに働いてるあんたも一流だからいまの仕事が好きなんで、ジャミラの同僚になんかなりたくない」

「――そっか、まあそうよね」

霧子はすぐに納得する。たしかに亜耶がラインから外れるのは惜しいし、万人にとって日雇いより正規雇用のほうが魅力的というわけではない。

「あたしはいまの話聞いた瞬間、あんたが受ければいいのに、って思ったよ。あんたならたぶん採用されるから、そんでジャミラの上に立ってやんなよ」

「私？　いや、私は就職するならスーパーって決めてるから……」

「だって、いつまで経ったって見つかんないじゃん」

「それは……まだ就活して半年だし」

「ねえ、あのさ。ジャミラのいつものセリフ、あれ、あんたの手が止まってるときに言ってるって気づいてないの？」

霧子は意味がわからず、ハンドルを切る亜耶の横顔を見る。

「あんたってたまに動きを止めて考えごとしてるでしょ」

「え、そうかな」

「してるって。たぶん手順をどうするか考えてるんだろうけど、たまに手元見てじっとしてる。そういうときを見計らってジャミラが怒鳴るわけよ」

「――え、それって、偶然じゃない？」

「最初はあたしもそう思ったけど、偶然なんかじゃない。ジャミラはあんたのこと意識してる。日雇いのラインのなかに明らかに自分より有能そうなやつがいて、気に食わないから、一瞬の隙《すき》をついて注意して、社員の威光を示してやろうって魂胆《こんたん》よ。こっちはちょっとばかり手を止めたところで全体的には他の誰より仕事量が多いんだから、文句言われる筋合いじゃないんだけど」

「えー、考え過ぎだって。そんな、魂胆とか、大げさな……」霧子は吹き出す。「だいたい、それならなんで有能な亜耶さんは目をつけられないわけ？」

「あたし？　あたしだって狙われてるかもしれないけど、あたしは声を挟む隙を与えないから」得意げに言う。

「それに、あんたはあたしと違って、なんか、長いことちゃんと社会人やってきたっていう、カタギの雰囲気がある。たぶんそこに目をつけられて……」

亜耶の憶測は止まらず、霧子は窓の外に目をやる。

ジャミラさんに我慢できなくなったら別の倉庫に行けばいいし、日雇い軽作業をずっと続けるつもりもない。しかし、亜耶にわざわざそう話す気にはならなかった。

連続勤務の最終日、亜耶はジャミラさんに、ささやかな反撃を試みた。

午前中、「ちゃんと手ぇ動かしてねー」の一発目が出ていた。意識したせいか、それはたしかに、霧子が手を止めた一瞬に発されたように思えた。

亜耶を見上げ、ともに苦笑いを浮かべた。

昼に休憩室に移動するとき、亜耶は通路に積まれた段ボール箱に貼ってあるシールを、箱の表面を剝がさぬよう器用に取り外した。ごく短時間のさりげない動作で、霧子はとくだん気に留めていなかった。

亜耶はろくに会話もせず、カード会社の会報誌を読みながら弁当を食べる。弁当のあとは霧子が持ってきたブドウを一粒ずつ吸いこんでいる。目線は会報誌から外さず、淀みない動きでブドウの粒をちぎり取っては口に運び、残った皮は広げたティッシュの上に積んでいく。無造作な仕草だが、皮の山はみごとに三角錐の形に整っていた。

ブドウがなくなったのを見て霧子がティッシュを巾着状にまとめると、亜耶が小さな声で「ありがと」と言う。改めて礼を言われ、霧子は少し戸惑った。

今日はラインのいちばん端で、ふたり向かい合ってボディーソープやハンドソープを詰めている。

午後、またジャミラさんが通りかかり、亜耶が意味ありげにこちらを見るので、霧子は試しに手を止めてみた。するとジャミラさんが「手ぇ動かしてねー」と発し、亜耶は眉間《みけん》に縦皺を寄せて、睨むように目を細めた。

霧子は内心首を傾げた。いまジャミラさんは、霧子のほうを見ていなかったような気がする。霧子が手を止めたとき、作業服の後ろ側が見えていたような……やはりただの偶然なのだと思う。

そのときジャミラさんが亜耶の後ろを通りかかり、亜耶はそれを見送るように身体を反転させた。通り過ぎたジャミラさんの背中に触れるように右手をついと上げ、すぐ正面に向き直った。素早いが柔らかい、一瞬の、微《かす》かな動きだった。

去りゆくジャミラさんの背中に、何か赤いものが見える。

霧子は目を凝《こ》らす。赤地に白抜きで、文字が書いてある。

亜耶を見ると、左手の人差し指を口元に立て、右手はもうハンドソープを握っている。

霧子はふたたびジャミラさんの後ろ姿に目をやる。よく見ると、段ボール箱に貼る「水ぬれ厳禁」という赤いシールが、背中の真ん中に貼りついていた。

（……え？）

霧子は作業するかっこうで背を丸め、亜耶に顔を近づけた。そして息まじりの小声で、

（なんなのよ、アレ）

と尋ねた。貼るとき気づかれたらどうするつもりだったのだろう。

亜耶はにんまり微笑《ほほえ》み、

（怪獣ジャミラは水に弱いのよ）

と、囁《ささや》き声で返してきた。

霧子は「あっ」と声を発した。そういえば、ジャミラはウルトラマンが放った水によって、絶命したのだった。いつかネットで見た戦闘シーンの映像を反芻《はんすう》しているうち、変なスイッチが入ったのか霧子は急に可笑《おか》しくなってきた。よせばいいのに「水ぬれ厳禁」と書かれた広い背中にふたたび目をやってしまい、全身で笑い出したくなる。

こうなると指先に力が入らず、作業できない。しかめっ面で笑い出したいのを堪《こら》えていると、亜耶の目も三日月形に笑っていて、しかし手元はちゃんと箱詰めをしている。

「ちゃんと手ぇ動かしてくださいねっ」

ピリピリと声が響いて、すぐ横のラインの先端で、ジャミラさんが腰に手を当てて立っていた。

間近にジャミラさんの顔を見ても、今日の霧子は驚かなかった。ああ、やっぱり言われてしまった、と思った。たしかに霧子は今、手を動かしていなかったのだから。

ジャミラさんは細い目を神経質そうに吊り上げて、はじめ亜耶のほうを見て箱詰めしているのを確認し、次いで目線を霧子に据え、くっと睨みつけた。

そんな怒らなくても――と思いつつ霧子はすぐに謝ろうとしたが、目一杯笑いを堪えていた余韻で、なかなか声が出ない。そこへ、

「すいません、このひと、いまホットフラッシュで」

亜耶が口を出してきた。

「はあ？」

不服そうにジャミラさんが亜耶を見る。亜耶は、

「お若いからご存知ない？ ホットフラッシュって、あれ、更年期の症状。カーッとしてポーッとするやつ。仕事中でもたまに出ちゃうんですよ。でも治まったらすぐ取り戻しますんで」

いつになく媚《こ》びた口調で言う。いかにも下手に出たようなへらへらした亜耶の笑顔から視線を外し、ジャミラさんはふたたびこちらを見下ろす。

笑うのを我慢していた霧子の頬は熱く、たぶん赤らんでいたのだろう。ジャミラさんはしばし見つめたのち、黙って隣のラインへ移っていった。背中にはもうシールはついていない。

まっとうに怒られたので、それからは仕事に集中した。亜耶は途中いちどだけラインを離れて腰をかがめていた。床に落ちている赤いシールを拾ったのだった。

二週間の勤務が終わり、五時きっかりに倉庫を出る。

ふたりは車内にたどり着くと、笑い声を爆発させた。

「なんだってあんなものわざわざ貼ったのよ」

「だって怪獣ジャミラは水をかけられると死んじゃうんだよ」

「そうじゃなくてさ……おかげでこっちが叱られたし。もう、しばらくここには来ないからね」

「いやあ、たまたまお誂《あつら》え向きのシール見つけちゃったから。それにしても気づかれずに背中に貼れるんだから、あたしの腕もなまってないね」

亜耶は笑いながら腕を伸ばして、お菓子を取ろうと霧子の前のグローブボックスに手をかけ、ふいに動きを止めた。口を開けたまま固まって、助手席側の窓を見上げている。

ガラス窓をコンコンと叩く音がした。

窓の外が灰色で覆われている気がして、霧子も恐る恐る窺《うかが》い見る。

すぐそこに、ジャミラさんが立っていた。西日を浴びた顔に表情はなく、縁なしの眼鏡にミラの車体がしっかり映っている。

霧子と亜耶は無言で顔を見合わせた。亜耶は、珍しく顔色を失っている。

ジャミラさんがもう一度、強めに窓を叩いた。

亜耶は身を起こしてキーを半分回し、霧子は窓を開けた。

すぐにも叱責の声が飛んできそうで息を詰めるが、ジャミラさんは白と赤の小さな箱を持って、黙って立っている。そして霧子の顔を数秒凝視したのち、やにわに、箱を車内に突き出してきた。

「これ、会社の救急箱に入ってたやつ。使いかけだけど」

箱を霧子に押しつけてくる。

「うちの母親もいま真っ最中で。でもこれ飲むと楽になるって言ってたから」

箱を見ると、テレビコマーシャルでよく見る、更年期障害向けの錠剤だった。

霧子がまごつきながら箱を受け取ると、

「じゃ、いつもご苦労さま」

と無愛想に言い置いて、ジャミラさんはゆっくり去っていった。

雄大な作業服姿が倉庫の中に消えるのを、ふたりは車内から見送った。そして、亜耶は静かに車を出した。

広い道を走らせながら、亜耶が話し出す。

「車で来てるのバレてるし」

「——目立つから。この車」

霧子は渡された箱を開け、小瓶を取り出す。半透明の瓶の中に、錠剤が半分くらい残っていた。亜耶はそれを横目で見て言う。

「貰っちゃったね、〝命《いのち》の母《はは》〟」

「亜耶さんがあんな嘘つくから」

「意外といいやつじゃん、ジャミラ」

「……今月で期限切れだけどね、これ」

「ていうか、ジャミラのお母さんと同世代なのか、あたしら」

「――亜耶さん、これ飲んでみる？」

「いや、あたしはもう必要ないから」

横浜駅西口近辺のビルが見えてくる。今日は浅間下では止まらず駅近くまで進み、何度か同じところを回ったのち路駐できる隙間を見つけて停めた。

事務所に行き、今週分の給料を受け取った。

壁に貼られた来週の予定表を見て、亜耶が「どうする？」と尋ねてくる。

霧子は一瞬迷ってから、

「この、火曜から木曜のやつにしよう」と指差した。

「――ジャミラのとこね」

亜耶はにんまり笑って霧子の背中を叩き、何度も頷《うなず》いては、顎の下の肉を弾ませた。

カシさん

女客が来たとき、男はワイシャツの袖口にスチームを当てていた。アルミサッシの引き戸がカラカラと開き、それが閉じられた軽い音がし、ひとがひとり立つのがやっとの三和土《たたき》に、その女客はしばらく黙って立っていた。接客を担《にな》う妻が店内にいないことに男は気づいておらず、天井からぶら下がったアイロンのコードと呼ぶには太すぎる管を揺らしながら、スチームを顔にかぶり、いつものことだがひどく汗をかいていた。

「すみません」

と、柔らかい声がした。高くも低くもなく、ただ柔らかくて、まるく響く声だった。

男は初めて入口のほうを見た。

見覚えのない三十過ぎくらいの女客で、このへんも近頃住宅地として人気が出ているから、新しい住民なのだろうな、と男は思った。この町でクリーニング屋を開業し、チェーン店の傘下にも入らず妻とふたりで営業を続け、もう四十年近くになる。

女客の顔がずっとこちらを向いているので、男は、妻の不在にようやく気づいた。女客はどこかわくわくしているような目つきをし、笑いを堪《こら》えているような口許をしていた。

男は作業台の脇に置いたタオルで、手を拭き、ついで首筋と胸もとの汗をぬぐった。そしてカウンターの前に行き、「お待たせしました」と声をかけた。女客は、細面《ほそおもて》で、黒目と唇が大きかった。美しいというには、顔の幅が細すぎる感じがした。目許は相変わらずわくわくしていた。

「これ、お願いします」

と言って、巨大な紙袋をカウンター上に置き、冬物のコートを取り出した。冬のとば口にようやく昨冬の衣類を持ってくる客も珍しくなく、年代が若くなればなるほど、洗濯物は季節感と縁遠くなる。袖のないワンピースを着た女は、むきだしの腕を往復させ、コートのあとはウールのセーター、スカートと続き、マフラー、スカーフと、依頼品はどんどん小物になっていく。

男はとりあえず衣類を種類別に重ね、そうこうしているうちに妻が戻ってくるだろうから、会計は妻に任せるつもりだった。

女客は紙袋を傾け、さらなる布のかたまりを取り出した。顔の細さに似合わぬ、筋の立ったいかつい指をしていた。その指を、カウンター上でクレーンのように開くと、色とりどりの布が、重量感なく、ばらばらと落ちた。

白地に黄色の星、薄緑のギンガムチェック、水色の花模様など、華やかな柄物の木綿《もめん》たちだった。鮮やかなのに毒々しさがないのは、いずれも幾度もくりかえし洗われたように、色彩が薄まっているからだろう。カウンターに転がるそれらを見て、男がとっさに思いついたのは、鼻をかんだあとに丸められたハンカチ——、いや、いまどきハンカチで鼻をかむ女性もいないだろうと思い直し、では、ドアノブのカバーだろうか、などと考えた。布のひとつひとつには、いずれもギャザーが寄っていたからだ。

男は水色の花模様を手にとり、布を広げる。ほぼ同時に、女客が男の手の脇に、ブラジャーを置いた。ブラジャーは、えんじ色や紺などの濃い色のものが数枚重ねられ、ふたつの山が上を向くかっこうで差し出されている。男は、広げた布の形状を目で確かめると同時に、脇に鎮座するブラジャーからの連想で、カウンター上に転がる色とりどりの木綿がいずれも下穿《したば》き、いや、パンティーとしか呼びようのない、たよりない布物であることを悟った。

下着をクリーニング店に出すのか——という微《かす》かな動揺は、男としてのそれではなく、業者としての惑《まど》いであった。股引《ももひき》を出してくる独居老人がいることはいるが、こんな、硬く盛り上がったブラジャー、どう形を整えるべきだろうか。こんな皺の寄ったパンティーは、果たしてプレスするべきだろうか。

そこへ、手洗いにでも行っていたのか、妻が戻ってきた。ああすみません、と、女客か男かどちらに声を掛けているのか判然としないが、ともかくいそいそと、声を発しながらカウンターの前まで来る。ええと、ツイードのコートと、これはカシミアかしら？あ、ウールですね、カシミアだとすこしお値段が高くなりますのでね、と、カウンター周りは急に賑々《にぎにぎ》しくなった。そして妻は色とりどりの下着類に気づいたらしく、一瞬、静けさがよぎった。

「ごめんなさい、下着はね、お受けできないんですよ」

妻は女客の顔をまっすぐ見て、いとも気さくに拒絶をした。女客は、真っ黒い目を妻に向けた。妻はよどみなく続ける。

「ノロウイルスだなんだで保健所が厳しくなってね、下着はお引き受けしちゃいけないってことになってるんです」

男には初耳のことだった。妻は重なったブラジャーを手にとり、二枚貝を閉じるように注意ぶかくふたつに折り畳んで、

「ブラジャーもね、おうちで浸《つ》け置き洗いにして、脱水しないでそのまま干しておけば、型くずれもしませんから、やってみてくださいね」

と、紙袋にそれを戻した。

女客は、

「下着は、いちどうちで洗ってあるんですけど、それでもだめですか」

と、思いがけぬ抵抗を見せた。

妻は呆れたのか、それとも呑まれたものか言葉を発せず、女客はさらに続けた。

「いちおう洗剤も使って洗ってあるので、ウイルスとかの危険はないと思うんです。それでもだめでしょうか」

「いや、あの――」

妻はへどもどしてしまっている。このままだと引き受けることになるだろうか。男は、唐突に口を挟んだ。自分でも意外だったが、つい声が出てしまったのだ。

「いくらで引き受けたらいいのかわからないんだろ?」

妻に向かって問いかけた。妻は薄く口を開けたままこちらを見た。

「下着なんて料金表にないから、いくら貰っていいかわからないから、断ろうとしてんだろ?」

「――あ、ああ、うん。そう言われれば。値段をいくらにしたらいいかわかんないわね。でもそれだけじゃなくて――」

「下着なんて頼まれたことないから料金も決めてないし、なにしろブラジャーなんてウチじゃ洗ったこともないし、そういうわけで、下着だけは持って帰ってもらえますかね?」

男は居直った。かつては「ウチで洗えないものはない」とむきになった時期もあったが、そういう気概はとうに消え去っている。

女客は、サービスが悪いと感じたのか、あるいは男の率直さに驚いたのか、いちど目を瞠《みは》ったが、すぐにその目を皺のように細くした。どうやら微笑《ほほえ》んでいるようであった。

「そうですか、わかりました。じゃあ、他のだけ、お願いします」

パンティーのかたまりを両手で鷲掴《わしづか》みにして、袋に戻した。

カウンター上は料金が明確な衣類ばかりになり、妻はふだんの手つきでレジを打ち始めた。男はふたたび作業台に立って、シャツの袖口にスチームをかける。

やはり初めての客らしく、妻は女客に苗字《みようじ》と電話番号を尋ねた。女客は「カシ」という苗字と、携帯電話の番号を告げた。

女客が去ったあと、男は妻に「保健所からそんなお達しあるのか？」と訊いてみた。ノロウイルス云々《うんぬん》のことである。

妻は、

「ないわよ。弟なんて出張先のホテルのランドリーにトランクスまで出すって言ってたもの」と、あっさり答える。

へえ、と、女客の衣類にタグをつけている妻を男はみた。嘘の割には堂々としていた。そのさまを思い返して、店員としてはなかなか頼れると思ったり、お互い仕事に対する情熱はだいぶ枯れているということを再認識したり、感慨めいたものがないまぜになって、妻の立ち姿をあらためて眺めた。

妻は、クリーム色のTシャツと、格子《こうし》柄のサッカー地のズボンという姿で、緑色の大きいエプロンをつけている。いずれも、地下鉄で三駅下った町にある大型スーパーで買ったものだろう、と男はあて推量する。男の住む町に大型スーパーはない。一駅上れば繁華街に百貨店があるが、男も妻も自分たちのものを百貨店で買うことなどしばらくしていない。

そして、妻の立ち姿を眺めたりするのも長くなかったことである。ずいぶん慣れているはずの男は、店内の暑さでぼうっとしているのかもしれなかった。

作業台のワイシャツをのけ、脇に置いてあった新聞を広げる。

男は、新聞の頭から終わりまで目を通すことを日課にしている。政治にも経済にもとくだん関心はないが、死んだ父親の習慣をなぞっているのかもしれない。内容を読み砕いたりはしないが、すべての記事を、最低でも見出しだけは追う。

今日はまだ前半部分しか読んでいない。真ん中あたりのページを開くと、クロスワードパズルがあって、すでに妻の字が書きこまれている。妻はテレビ欄のほかは、この日替わりのパズル欄しか新聞に用はないようだ。筆圧の強い、大らかな文字で書かれた

「イボイノシシ」の「ボ」から、ボーリング、という言葉が生えている。ボーではなく、ボウリングではないのか、などと思っていたら、紙面に大粒の汗がばたっと落ちた。

クリーニング屋の店内が暑いのはいかんともしがたいことで、クーラーは大型のものが一台据えつけてあることはあるが、客の立つカウンターに直接風が当たるようにしてある。男のいる作業スペースには冷気を流してもほとんど効かないので、気休めに天窓を開けたままにしている。不経済とは思うが、もう何年もこうしている。

いまカウンターで作業をしている妻には、涼風が当たっているはずである。なるほど、涼しげな顔をしている。汗ひとつない横顔は泰然として、先刻の細面の女客と比べると、強い生き物という感じがする。

すばやい動きでタグをつけながら、さらに妻が言う。

「もし自分に娘がいたら、クリーニング屋なんかに出してもらいたくないと思うし」

たしかに、もし自分たちに娘でもいたら、下着ぐらいは家で洗って室内干しにでもしてほしいものだと男も思う。しかし男は妻に相槌《あいづち》をうたない。返答を求めない呟《つぶや》きだろうと解釈していたし、同時に、返事をするのが面倒くさいとも思っていた。ちょっとした会話のなかの相槌すら、億劫《おっくう》なことがある。そう自覚すると、さっき強い生き物に見えた妻が、淋しそうにも見え、また単に苛立った初老の女性にも見えた。自分以外のひとなど、心の持ちようでどうにでも見える。目を逸《そ》らし、作業にもどった。

数日後、女客は洗濯物を引き取りに来店し、こんどは夏物の、ブラウスやらTシャツやらを置いていった。

それからというもの、毎週女客は現われ、すっかり常連となってしまった。この季節に着る、テンセルのワンピースや麻のスカートのほか、キャミソールやランニングシャツのような肌着類から、ハンカチまで持ってくる。それこそブラジャーとパンティー以外の、すべての洗濯物を持ちこんでいるかのようであった。

薄手のコートや綿ニットといった春秋ものも徐々に出された。簞笥《たんす》の中身をひとさらい、男の店で洗うつもりなのだろうか。まあ、おそらく引越しなどのごたごたで、衣類をクリーニングに出す機会をしばらく逸していたのだろうが。

いちど、仕上がった洗濯物を受け取るさい、「すごい、ここのシミもなくなってる」と感嘆の声をあげていたことがあった。男の店はシミ抜きに定評があって、ふだんはチェーンのクリーニング屋を利用している客も、落ちそうもないシミは男の店をたよってくるのだった。特殊な洗剤を使っているわけでもなく、おそらくチェーンの業者と同じような溶剤だろうが、シミ抜きは手間をかけるかどうかで結果が大きく変わる。もちろん経験でつかんだ独自の技術もある。そのときの女客の白いジャケットの袖口には、皮革製品から移ったとおぼしき茶色いシミがあった。だいぶ苦戦はしたが、一見してわからないほどに白くはなった。

シミ抜きへのこだわりは、プロ意識から派生したというより、男にとって趣味の領域にあった。工夫してしつこくすればするほど、そこにあった色が薄くなる。もっとねちっこくすれば、やがて、なくなる。しつこくせずとも、閃《ひらめ》いたかのように突然なくなることもあり、そんなときはハッとさせられる。妻は新聞のパズルを塗りつぶすことを愉《たの》しみにしているが、男は、溶剤をヘラで塗りこんだり、あるいは小筆で浸みこませたり、機械で振動を与えたり、そのいずれかが効いて色を消し去る作業に、遊んでいるように没頭する。

いちどに出す洗濯物の量こそ徐々に減ったが、ほぼ三日に一回、女客は現れる。キャミソール三枚に、ブラウス二枚、カットソーが一枚など、三日分の衣類を持ってくる。

お盆の時期、男の店は一週間休業したが、休み明け、女客は五枚の肌着を持ってきた。ふだんと比べ、それらはだいぶ汚れていた。腋に当たる部分が汗ジミで硬くなっていたし、ぜんたいから雑巾《ぞうきん》のような匂いが立ちのぼっていた。

もしや、女はいまや家でいっさい、まるで洗濯をしていないのではないだろうか、と男が思うようになったのは、そのときからである。

お盆休み明けに出された衣類は、おそらく複数回着用したものであった。それからあとの洗濯物は、それほど汚れてはいない。お盆時期、家にある衣類をひととおり着てしまって、男の店が休業のため洗うことができず、自分では(なぜか)洗わず、しかたなくいちど着たものをふたたび着用したのではなかろうか。

そういえば、湿気《しけ》て臭くなったタオルを大量に持ちこんだこともあった。

上客は上客だが、不精《ぶしょう》な女だとも思った。

そんな折、妻が急な歯痛で歯医者に行っているときに、女客がやって来た。女客は、肌着を三枚と、ブラウスを三枚頼んできた。これくらいなら男でも会計ができる。だいぶもたつきながらレジを打ち、代金の額を告げた。女客も、小銭を探すのにもたもたしていた。

女客が身に着けているTシャツを長くしたようなワンピースは、先週男が洗ったものである。ベージュ地に黒の横縞柄で、左胸にポケットがついている。

男は、女客の右胸に乳頭らしき突起があることに気づいた。

結局小銭が足りなかったのか、すみません、と言って女客は一万円札を出した。男はお釣りと引換券を渡し、女客は札を財布にしまうのにまたもたついた。

二の腕の内側に押されて、乳房が波うつのが見てとれた。

女客はブラジャーをつけていないのであった。立ち去る後ろ姿を見ると、腰のあたりにも下着の線は浮き出ていない。ひょっとすると、ワンピース一枚きりしか着ていないのかもしれない。

女客は、男が洗ったものしか、身に纏《まと》わない——。

ろう。

いや、おかしな考えだ、と男は打ち消した。暑いから、楽なかっこうをしているのだ

男だって、作業中は暑いから、いつも楽なかっこうをしている。

白のランニングシャツは、数枚をローテーションしているが、いずれも十年近く着ているものである。すっかり生地が薄くなって、汗をよく吸うので具合がいい。

ただ襟ぐりが伸びきって、肩の部分は紐《ひも》のように細くなってしまっている。前屈みでアイロンをかけていると、胸もとが丸見えどころか、正面から覗けば臍《へそ》のあたりまで見えるだろう。

作業台は道路に面していて、ガラス張りである。いまどきの、蕎麦《そば》打ちをしているところを公開する蕎麦屋と同じで、実演販売の一種と言えなくもない。なんとなく外が見えたほうが気分がいいと思って安易に作業場を窓辺に置いたのだが、失敗だったかもしれない。男がアイロンをかけていると、近所の小学生たちが「ちくびっ、ちくびっっ」と騒ぎながら、店の前を通り過ぎて行く。ガラス窓は嵌《は》め殺しだから、自分たちの声が店内には聞こえないと思っているのだろうが、あいにく天窓が開いている。

これが中学生くらいになると、どうやら男のことを「グレコローマン」と呼んでいるようである。最寄駅の改札を通っているとき、揃いの部活のバッグを持った少年の群れから「あれグレコローマンじゃね？」という声が聞こえたことがある。

いまスーツやコートを持ちこんでくる若いサラリーマンたちも、かつては男のことを「ちくび」とか「グレコローマン」と呼んで騒いでいたのかもしれない。

そのガラス窓のなかを、いつしか女客が見つめている。

視界の端っこに黒っぽい服を着た女が立っていることはわかっていたが、通行人が立ち止まって携帯電話でもいじっているのだろうと、気に留めてはいなかった。男はスラックスにアイロンを当てていて、汗が洗濯物にしたたらぬよう頻繁にタオルでぬぐった。首の後ろまで拭きあげたとき、その黒っぽい服が、自分がこの一、二カ月のうちに幾度も洗った麻のワンピースであることに気がついた。女客は幅のない顔をまっすぐこちらに向け、眺めるのではなく、集中して、じっくりと見ていた。男はやや吃驚《びっくり》したものの、厭《いや》な気分にはならなかった。女客の目は、社会科見学でもしているように好奇心がうず巻いていて、一途《いちず》に作業の工程を追っているのだった。ぼうっとしているのではなく、懐かしんでいるふうでもなかった。

男は、完璧にプレスされたスラックスを見せてあげようという気になった。じっさいセンターの折り目は、指が切れそうなほど鋭角に仕上がった。

女客は、作業に一段落ついたのを見届けてから店内に入ってきた。裏手にいた妻が出てきて応対する。

「来週から涼しくなるみたいですね」

珍しく、女客のほうから話しかけてくる。

「そうね、急に秋になるみたいよ」

「秋がくるたびに、去年の今頃自分はなにを着ていたんだろうって不思議になりますよね」

「あら、でも今年は、秋物をついこないだウチに出してくれたじゃない？ あれを着ればいいのよ。薄手の素敵なニットなんて、たくさんお持ちじゃない？」

妻は、近隣の同世代のおばさん連中と話しているかのように、いい調子で喋《しゃべ》っている。

「着飾りたいって欲はないんですけど、着るものは、つい買ってしまいますね」

「いいじゃない、若いんだもの。そういや、アレはどう？ アレ、自分で洗ってる？」

「アレ？」

「アレよ。最初いらしたとき、下着とか持ってきたでしょう」

「ああ、アレ」

「言った通りにやってみてる？ 脱水はしないってやつ」

「——あ、ああ、ええ。まあ、はい」

「脱水どころかね、ほとんど絞らなくてもいいのよ。水が切れるまで、お風呂場に干しとけばいいの。しばらくは水滴の音がうるさいかもしれないけど」

女客は頷《うなず》きながら会計をしている。この日も何枚かの衣類を預け、「じゃあ、また」と、これまでいちばん朗《ほが》らかな声で挨拶をし、店を出た。

そして、ガラス窓からすこし離れて、ふたたび男の作業の様子を見ている。

通りかかった子供が、ふと足を止めてしまったという風情《ふぜい》だった。

しかし、実際は子供ではなく、三十まわりの成人女性である。男は俄《にわ》かに畏《かしこ》まり、そして、生涯でただ一度の後ろ暗い出来事について、思いを巡《めぐ》らせた。

男が浮気とか情事とか呼べることを完遂したのは、あのときただ一度きりだった。子供が出来ていてもおかしくない状況だったと記憶しているが、妻との間にはついぞ授からなかった子が、あの一回こっきりでというのも考えづらい。

だいたい、あれは――二十年ばかり前のことだ。仮に子が出来ていたとして、あの女客がそのときの子だということはありえない。女客はぱっと見三十過ぎ。どう幅をもたせても、二十歳には絶対に見えない。

後ろめたさというのは、こんなふとしたきっかけで、二十年前の、どちらかと言えばしっとりした記憶を、こうもじっとりと甦《よみがえ》らせてしまうものなのか。その記憶は、男の奥のほうにあることはいつもわかっていて、わかっている、というだけで、取り出して吟味こそしないが、奥にいてくれるゆえ、佳《よ》き思い出に属していたのである。それなのに。

男はあまりに集中して年数を数えていて、視界が狭《せば》まり、呼吸は浅くなっていた。しかしどうやら勘違いである。あの女客が自分の隠し子というのは過ぎた妄想だ。安心して顔を上げるともう女客の姿はなく、男はランニングシャツの胸元を摑んで乳首まわりの汗を拭きとった。

その日が境だったろうか、女客の態度が馴れ馴れしくなってきた。

妻のことを「奥さん」と呼び、カウンター越しにやたらと話しかけてくる。妻はもともとは口数が多くも少なくもない中庸だったが、客商売ゆえ会話を途切らせないことには長《た》けている。

「カシさん、商店街の福引はもう行ったの？」

「商店街って、どこの商店街のことですか？」

「あら、ここの通りよ。ウチも加盟してんのよ」

「えっ、この通りって、商店街だったんですか？」

「そうよ。もうすっかり歯抜けだからそうは見えないかもしれないけど、角の文房具屋さんから、洋品店とか、お米屋さんとか、花屋とか、ちょこちょこ残ってるでしょう」

「ああ、そういえば。私はここの店しか入ったことありませんけど……」

「あらそう？　それでね、こないだから渡してる券、一枚につき一回福引ひけるから、コミュニティセンターの裏の駐車場行ってみなさいよ」

「どんな景品なんでしょう」

「一等は確か旅行よ。鴨川《かもがわ》だったかな。シーワールドの入場券つきで」

「鴨川ねえ。もし当たったら、奥さんにあげますよ」

「あら。ウチのひとだってシーワールドなんかたぶん行きたがらないわよ。それよりね、一番本数が多いのが四等で、これがお米もらえるらしいのよ。一キロぐらい。その場で搗《つ》いてくれるんだって。玄米のほうが良ければそのままもらえばいいし」

「へえ、私は玄米のままもらおうかな」

「玄米好き？　玄米は百回くらい嚙まなきゃだめらしいわよ」

「無理無理。そんなに嚙めません。私ただでさえ、嚙んでると自分の唾液《だえき》がいやになっちゃって飲みこめない……」

割とどうでもいい話を長々としている。最終的には妻が「ならば玄米粥にすればいい」と結論づけ、女客は福引券を握って店を出て行った。

三日後また女客は現われ、福引の顚末《てんまつ》でも話すのかと思いきや、「奥さん、ゆうべこの商店街に救急車入ったでしょう」などと訊いてくる。

「ああ、サイレン聞こえたけど、通り過ぎてずっと行っちゃった。どのへんの家が呼んだのかしらね」

「私、ご主人か奥さんだったらどうしよう、って思っちゃった」

「ここはN医大がすぐ近くだから、救急車呼ぶより引きずったほうが早いわ。あら、ねえ、カシさん――」

妻が声をひそめる。

「×○×○、――、つけてないの?」

「あ、やだ、わかりますか奥さん、ええ」

「あらやだ。せっかく洗い方きちんと教えたのに」

「ごめんなさい、せっかく教えてもらったけど、じつはあのあと一回も洗っていないんです」

「洗ってないって、じゃあどうしてるの?」

「いくつか買い足したけど、追いつかなくて、最近はしてないんです」

「えーっ」

作業台でシミ抜きをしている男にも、なんの話か理解できた。

「それでどうしてるの。洗わないで置いてあるの?」

「そのままだったり、捨てたり」

「そんな、郷《ごう》ひろみじゃあるまいし」

「郷ひろみ?」

「そう、郷ひろみが、昔テレビで、郷さんもパンツ洗ったりするんですか? って訊かれて、えっ、パンツって洗ってまた穿くものなんですか? みたいな、吃驚した顔してたのよ。一回穿いたら捨てるのね、たぶん」

「へえ、すごいですね」

妻は一拍おいて、

「どうして洗わないの」

また声を落とし気味にして、尋ねる。女客もすこし間をおき、

「私は郷ひろみとちがって、以前は洗ってたんですよ。でも、ここで洗うみたいにはきれいにならないでしょう」

などと言う。

男は作業しながら女客のほうを見る。最初に下着を断ったものだから、厭味を言っているのかと思ったのだ。妻も同じことを考えているのか、黙って女客の顔を見ている。

「ほんとうにここで洗ってもらうときれいになりますよね」

女客は、妻と男を等分に見まわし、細い顔の幅ぎりぎりまで口角を引いて、笑みをこぼした。妻は気をとりなおしたのか、「そんなに褒めてもらっちゃって」と作業台のほうを向いて、男をからかう口調で言った。

妻はその後女客に渡す仕上がり品をまとめていたが、「あら、スカートがひとつ足りないわ」と言い出した。「スカート／ベージュ、ってやつ。ベージュって、あのボックスプリーツのやつよね?」と女客に尋ねている。

ボックスプリーツのスカートは、午前中男がプレスを終えたばかりだった。

「ああ、それならこっちに掛かってるよ。今日上げたばかりだから」男が声をかける。

「じゃあ、ちょっとそれ、こっちに持ってきてくれる?」妻は持ち帰り用の袋の口を広げ、仕上がり品を詰めかけたところだったので、手が離せないのだった。

男はハンガーに掛かったそれをカウンターまで持って行き、「まだビニールかかってないぞ」と、妻に渡そうとした。

女客は「いいですよ、そのままで」と言って手を伸ばし、男は「いいんですか?」とそれを女客に渡し、額に流れる汗に手をやり、手を下ろそうとしたところで、男の指先から、ベージュのスカートに、汗が飛んだ。

スカートの側面の縫い目のあたりが、男の汗で小さく丸い焦げ茶となった。男と女客はふたり同時に「あ」と声を発し、ついで男は舌打ちした。

「すいません、すぐ洗うんで。明日には返せるようにしときますから」

「いえ、いいんです。構いません、このままで」

女客はスカートを反対の手に持ち替えた。

「いや、それじゃあ、スカートの代金はなしってことで」男は抵抗する。いつかの会話で、女客が自らの唾液すらいやになる、と発言していたことを思い出していた。

「いいえ、大丈夫ですよ。家に着くころには乾いて元通りになってるでしょうから」

女客は笑顔のまま、妻の手から袋を奪い取るようにして帰って行った。

そのあと客が何人か続けてやって来て、妻が「そうそう、あのとき、何だったの？スカートの代金がどうとかって。カシさんが」と訊いてきたのは、夕食のときだった。

男は、自分の汗がスカートに飛んだことを手短かに話した。妻は、「ああ、それで代金なしとか言ってたのね。へえ」と、頷いている。

男は食事を続ける。妻もしばらく黙って箸《はし》と口元だけ動かしていたが、

「でも、なんかわかるわ」

と、矢庭に話を続ける。

「なにが」面倒くさく思いながら男が問うと、

「──汗よ。あなたの汗って、なんとなく、汚くなさそうな感じするわ」真面目な顔で妙なことを言う。

バカな、と男は鼻で嗤《わら》う。すると妻はさらに、

「だって、あなたって、乾いた雑巾みたいだもの」

と、思いがけないことを言いだす。

あまりの例えに、男は唖然として妻を見た。妻はしばしなにか考えている様子だったが、突如吹き出して、

「ごめん、言葉を間違えた」

と呟き込み、音を立てて味噌汁を啜《すす》った。

「乾いた雑巾を絞る――って、あれよね。会社が、もう十分切り詰めてんのに、そこからさらに経費削減するっていうやつの例えよね。全然違うわ。そういうんじゃなくて」

男が憮然《ぶぜん》としているのがよけいに可笑《おか》しい。妻は一人勝手に笑ったあと、

「なんかさ、あなたっていつも店で汗だくだけど、痩せてるし、あと男のわりに肌がきれいだからかな、汚いものはぜんぶ出尽くしたあと、って見た目なのよ」

「――汚いものって――」

「だって、あの何年も着てるランニングだって、見た目はそれこそ雑巾だけど、洗濯の前、加齢臭なんてぜんぜんしないのよ？ 雑巾だって洗ってばりっと乾かせば清潔だし。なんていうか、使い古しなのに汚れてない感じ、って言いたかったんだけど」

したり顔で妻は言い、男は愉快でない気分になる。もうこの話は打ち切りたかったが、妻は不機嫌な男には慣れているのか、気にせず続ける。

「でもあれね、そのままでいいってことは、あのお客さん、やっぱりあなたのこと悪く思ってないのかもね」

「なんだ、それ」

男はちょっと反応する。

「レジやってるとき、よく作業台のほう見てるもの。こういう目つきで、じーっと」

妻は顎をななめに引いて上目遣いをしてみせる。

「そんなの、こっちの仕事が珍しいんだろ」

窓のなかをじっと見ていた女客の様子を思い出し、男は腋にねばっこい汗を掻いた。

食事を終えた妻が、食器を重ねて台所に持って行く。男は夕刊を引き寄せ一面の見出しを目で追いながら、妻が「乾いた雑巾を絞る」などという言葉を知っていたことに、少し感心する。

何日後か、あの女客がまた、夕食時の話題にのぼった。

「銭湯で、カシさんに会ったわ」

と、浴室用洗剤のコマーシャルを眺めながら、妻が言い出したのだった。

とくに相槌を求めない呟きと受け取れなくもなく、男は数秒黙っていたが、「どこで」と問うてみた。

「どこでって、銭湯よ。宝湯《たからゆ》で」

妻は、銭湯で、の部分が男には聞き取れなかったと思ったようだったが、男は、銭湯の番台ですれ違ったのか、脱衣所か、あるいは浴室内で会ったのかを、問うたつもりだったのである。

その問いは突き詰めれば、出会ったときの女客はどんな状態、どんな姿であったのかということに対する興味から生じたに違いないのだが、そこまでの自覚は男にはなかった。

家の浴室の、木製の扉がいよいよ駄目になり、樹脂《じゅし》パネルのものと交換することにした。近所の内装屋に頼んだら、外枠ごと交換するからまる二日かかると言われた。大手なら一日でできそうなものだと妻はぶつくさ言っていたが、そんなわけで昨日今日と店を閉めたあと、町内にひとつだけ残っている銭湯に行ってきたのである。

「カシさん、私が入ってから出るまで、ずーっと浴槽に浸かってたわ。さすがに、ふたつあるうちのぬるいほうだけど」

妻はおそらく無意識に、男の問いに答えた。男は「風呂なしのアパートに住んでるのか」と、続いて問うてみた。

「さあ。住所は聞いてないもの。でもこのへんも、風呂なしのアパートってもうほとんど残ってないわよね」

それゆえ銭湯の数も減り、もっとも規模の大きかった宝湯しか残っていないのだ。宝湯の客層も、風呂なしアパートの住人というより、たまには大きな浴槽で脚を伸ばしたいというひとや、社交目的の老人が大半だろう。

「挨拶したのか？」男はいろいろ尋ねてしまう。

「ううん、向こうは気づかなかったと思う。私らぐらいのおばさんが風呂場に入ってきたって、いちいち見分けなんかつかないわよ。洗い場のほう向いて浸かってたけど、なんだかぼんやりしてたし、向こうだってそんなとこで知った顔に話しかけられても厭だろうから」

銭湯の話はそこで終わった。

それからも女客が来店するたび、ふたりで、そろそろ栗のうまい季節だとか、隣町の古アパートがカフェに改装されたとか、どうでもいい類《たぐい》の話を賑やかにしている。

新しい風呂場の扉は、見た目は味気ないがすこぶる使い勝手がいい。妻は、浴室内のタイルがだいぶはがれているし、湯沸し器置き場だけ土間になっているのも寒々しいので、ユニットバスに替えたいなどと言い出している。

ある日の女客の洗濯物には、やたらとシミが多かった。ケチャップや、なにかの煮汁や、なんらかのタレといったシミが、シャツの前身頃や、袖口や、スカートの裾まわりに染みこんでいた。煮汁以外は、なかなか手を焼いた。そんなときにかぎってほとんどが白の衣類で、男はその日の午後の大半を、女客のシミ抜きに費やした。存分に愉しんだ男は、久々に疲れたという実感があり、その晩長風呂した。

翌日妻が、女客の仕上がり品にビニールをかけながら、

「あら、すっごくきれいになってる」と感嘆の声を上げた。

「こっちの、濃いシミはさすがに無理だと思ったのよ。カシさんまた喜ぶわ」

「――カシ」

「えっ?」

「カシって、珍しい名前だな」

「そうよね、口頭で聞いただけだけど、いったいどんな漢字書くのかしらね」

女客は、その次の日やってきた。妻は、いくぶん誇らしげにシミの抜けた箇所を示した。

「わあ、すごい。真っ白になってる」

「ここの裾はね、実はよーく見るとうっすら残ってるんだけど、よっぽどよーーく見なきゃ、わからないでしょ」

「ええ、わからない。すごい、このお店」

「すごいでしょう」

「すごい、ほんとうに、すごくきれい」

女客の声が、徐々に震えてきた。そして声を詰まらせているのか、カウンター周りはしんと静まった。

男が横目で見ると、女客は白いシャツを手にうつむいていて、妻がその真向かいに立って、ふたりとも静止していた。

男は、その異様な、非日常な感じに巻きこまれたくなくて、スチームの勢いを強くした。なんだって黙りこくってるんだろう、あのカシさん——。

仮死さん。瑕疵さん。妙な漢字ばかりが浮かんでくる。

男は、妻が沈黙を破るのを待った。今日の女客は情緒が落ち着かないのか敏感になっているようだから、あら、なにかあったの、とでも尋ねてやればいい。そうしたら、いいえ、なんでもないんです、ごめんなさい、とか返事して、それで、お勘定でもすればいい。

「あなたも、きれいよ」

いつもよりすこし低い、しかしはっきりした声で、妻が突如言う。

女客はハッと顔を上げる。泣いてはいないが、黒目が膨張していた。

「きれいだったわよ、こないだ。とっても」

「こないだ?」女客は、掠《かす》れ声で妻に尋ねる。

「そう、こないだ」

女客は、しばらく目線を小刻みに揺らしていたが、なにか合点《がてん》がいったのか、妻の顔を見据えた。

「私、おかしくなかったですか?」

「おかしくなんかないわよ」

「おかしなところ、なかったですか?」

「ちっとも。どこもおかしくなんてないわ」

妻は至極落ち着いて、女客に言い聞かせるように、答えている。

こないだ、とは、銭湯で一緒になったときのことだろうか。

妻は、挨拶もしなかったと言っていたが、男になにも言わないだけで、あのとき、妻と女客の間に、なにかが起こったのだろうか。

男にはふたりのやりとりがまったく理解できない。そして理解しようと努力する気もなく、関心は急にしぼんでいった。

女客は、ふふ、と笑い声を上げ、

「今度、ブラジャーとパンツも、持ってきていいですかね」

と、晴れ晴れとした様子で、妻に尋ねた。

「だめよ」

「お店じゃなくて、奥さんが、おうちの洗濯物といっしょに洗ってくれませんか」

「どうして。そんなことひとに頼むもんじゃないわよ」

「いいじゃないですか、ついでだし。予洗いはしてきますから」

「だめだって。しつこいわね。自分でやんなさい」

ふたりは朗らかに笑って、会計を終え、女客は帰って行った。

妻はなにもなかったかのように黙々と女客の衣類を分類しているので、男のほうが声を掛けてみた。

「なんだったんだ？　いまの」

「え？」

「きれいだったとか、おかしくなかったとか」

「さあ」

「お前のほうから言い出してたじゃないか」

「うーん、よくわかんない。なんか、自然に口から出たっていうか」

イタコめいたことを言う。男が眉をひそめていると、

「なんて、ふふ、シャーマンみたいなこと言ったりして」

妻がくすりと笑う。

シャーマン？　たしか、巫女《みこ》とか、そんな意味だったか——と男は首をひねる。妻は、意外な言葉を知っている。そういえば新聞のパズルも、なんだかんだと全部答えを埋めている。正解かどうか確かめたことはないが。

女客はその後も三日に一回現われ、季節のうつろいとともに、シャツ類は半袖、七分袖へと変化している。タオルも、たまにまとめて持ってくる。

新たに増えたのは、妻と女客がブラトップとか呼んでいる、キャミソールの内側にカップがくっついた肌着である。新聞のチラシを見た妻が「あら、カシさんこれ使えばいいのに」と言い、女客に勧めたものだ。これだったら、ウチでも洗うわよ、と妻が女客に言い、そのあと男のほうを振り向いて、ねえ、これくらいなら、あなた洗えるわよね、

と、最初、嘘をついてまで下着を断ったのは自分であることを忘れたかのように、うきうきと尋ねてきたのだ。

女客は、「これ奥さんに教えてもらって助かりました。ここで洗ってもらえるし」と、頬を紅潮させて喜んでいる。

女客の、何枚目かのポイントカードがスタンプでいっぱいになった。

新しいものに日付を書き入れながら、妻が、

「カシさんって、どういう字書くの?」

と尋ねている。

「お菓子のカシです。和菓子とか、洋菓子の」

「へえ、珍しいわね。綿菓子とか、砂糖菓子の」

「そう、棒菓子とか、麩《ふ》菓子」

ふふふ、と笑い合っているが、男にはなにが面白いのかわからず、憮然とスチームの噴出ボタンを押す。

水を多めに補給した直後で、スチームが派手に湧き上った。

ごおっと大きな音が立つが、水蒸気の向こうの女ふたりは、こちらを気にせず楽しげに会話を続ける。男のぼやける視界には、妻のエプロンの緑色だけが、かろうじて映っている。

………姉といもうと

日本で一番目にできた町だろうか、と思わせる町名の街並みはマンションばかりで、筋向いには大使館の緑が繁っている。

なかでも低層の部類に入るマンションのエントランスに入り、里香《りか》はオートロックのリーダーに鍵をかざして中に進んだ。フロントの常駐スタッフは交代制で、里香がやってくる平日午前は若い女性が座っていることが多い。頰がふっくらし、小柄な割に頭の大きめな感じが親しみやすい。もう顔見知りなので、「おはようございます」と声はほとんど出さずに唇だけ動かしながら会釈を交わし、エレベーターに乗りこむ。

マンションの各住戸の面積は広く、一フロアに三世帯しか入っていない。内廊下を取り囲むように各戸は配され、どこをとっても角部屋になる形状となっている。もとは外国人向けに建てられた旧《ふる》いマンションだが、このフロアの住人はいずれも日本人だ。

三〇二号室のドアに鍵を差し、中に入る。いわゆる三和土《たたき》はなく、いきなりカーペット敷きの廊下である。一応玄関マットは敷いてあるので、里香はいつもそのマットの端っこに脱いだ自分の靴を置き、持参した室内履きに履き替える。この家の住人の靴は、廊下沿いに造りつけられたシューズクローゼットにすべてしまわれ、マットの上に出ていることはほとんどない。今日も靴は一足も出ていない。

里香は「おはようございます……」とつぶやきながらリビングに進んだ。室内に誰もいないことはわかっているが、この高級マンションの一室が自分の職場なのだから、けじめというか、自分をしゃんとさせるための独り言なのである。そこへ、

「おはよう」

と返事がきたものだから、里香は首の筋を浮きたたせて息をのんだ。

「ああ、ごめん、びっくりさせて」

雇い主である夫婦の妻のほうが、ブラウスにパンツ姿で立っている。コーヒーでも飲んでいたところらしく、マグカップを片手に持っている。里香の出勤時刻は十時半と決まっていて、ここの住人夫妻はふたりとも八時過ぎには出勤してしまうので、ふだん顔を合わすことはない。

「徹夜明けで、シャワー浴びるために帰ってきて、また出るところなの」

マグカップをカウンターに置き、ソファの上にあるバッグとジャケットを手にとった。

「この歳になって徹夜なんてしたくないわよね。いやになる。じゃあ、行ってきます。今日もよろしくお願いしますね」

見たところ四十代前半の雇い主は、細身で背が高く髪は長く、アンニュイな雰囲気漂《ただよ》うやや前時代的な美女である。色白の額《ひたい》に静脈が透《す》けていて、病弱そうとも見えるが、とにかく美人である。おまけにキャリアのある金持ちで、加齢のことなぞ気に病む必要などないのではと里香は思う。だから「この歳になって」などという発言はしっくりこない。しかしシューズクローゼットからパンプスを出して玄関マットに置くときの徹夜明けの横顔はさすがにやつれていて、顔色はうっすら黄緑がかっていた。

「行ってらっしゃいませ」

里香はお辞儀して見送る。

高級マンションの玄関ドアは乱暴にバタンと閉まったりしない。前半こそ勢いよく閉じようとするが、後半急に速度が落ち、カチリと、可憐《かれん》と言っていいくらいの音を立てて主人を送り出す。

内鍵をかけ、そういえば出勤する雇い主を見送るのは初めてだったかもしれない、と思い至る。「行ってらっしゃいませ」なんて、口馴れない言葉だ。

どうせなら、行ってらっしゃいまし、と言ってみたかった。

里香にはもともと女中願望がある。

現在里香はこの高級マンションの三〇二号室の通いの家政婦だが、本当にやってみたいのは女中であった。しかも、このような金持ち夫婦の家などではなく、芸者屋、それも、できれば没落した芸者屋の女中になりたかった。

幸田《こうだ》文《あや》の小説「流れる」の影響である。

「流れる」の主人公は、芸者屋に住みこんだ女中なのだ。芸者としては一流だが生活力に乏《とぼ》しい女主人のもとで、女中は控えめな性質ながらまめまめしいだけでなく、端々に有能ぶりを発揮し、近隣の待合からうちに来ないかと誘われたりする。

里香は高校生のとき幸田文の随筆に出会い、のめりこみ、文庫本で手に入る作品はほとんど読んでしまった。小説も随筆も家事の描写が多く、子供のころから家事を担《にな》ってきた里香にはずいぶん励みになったものだ。

里香は本来料理も掃除も得意ではないし、好きでもない。しかし、里香が小さいころから母はやたらと疲れやすかったし、妹の多美子《たみこ》は気安く手伝いを頼める身体ではなかった。だから里香は、小学校高学年のころから家中の掃除洗濯を引き受け、中学生になってからは夕食も作っていた。

幸田文そのひとも、娘時代から家事いっさいをやらされていた。しかも、父である明治の文豪・露伴《ろはん》は生活面での美意識がはなはだ高く、幼い娘にもぞんざいな仕事を許さなかった。露伴の教育と日々の実践により、文の家事の腕は鍛《きた》えられた。その腕前は、文の著作からはっきり感じとることができる。

「流れる」は、自伝的な題材がほとんどの幸田文の小説のなかで、もっともフィクション色の濃いものである。とはいえ、幸田文自身柳橋《やなぎばし》の芸者屋で数カ月女中として働いた経験があり、主人公の梨花《りか》に著者本人が投影されていることは間違いない。文もきっと、あの女中の前身は何なのだと周囲の関心を集めるほど、有能であったことだろう。

好きでもない家事だって、どうせやるなら、厭々《いやいや》やるより、「流れる」の梨花のように、文のように、美しく、軽々とやってのけたい。

映画も中古のDVDを購入して、繰り返し観た。田中絹代《たなかきぬよ》が梨花を演じ、卑屈に見えるほど腰の低い女中になりきっていたが、ただ腰が低いだけでなく当然優秀さを秘めている。「お帰りなさいまし」という古風な言い回しも、慇懃《いんぎん》な感じはなくほっとする響きがある。主人の言いつけに対する返答は、「はい」一辺倒ではなく、ときに「はあ」または「は」である。もちろんぞんざいな言い方でなく、ただ、しおらしい。

主人公の名前が自分の名と同じ読みである点も、「流れる」に惹かれた理由のひとつである。

里香は大学を出ていったんは普通の会社に就職したが、数年で会社が倒産した。次の仕事をどうしようとなったとき思いついたのが、女中であった。

しかし平成の世に女中という求人はない。没落した芸者屋がもしあっても、たぶん女中は募集していない。家政婦とか、ヘルパーとか、メイドになるしかない。

家政婦紹介所に登録しようかと考えたが、例の有名なドラマが脳裏に浮かび、それは「流れる」の世界とはだいぶ趣《おもむき》が異なる。なんとか自力で見つけようと、電柱などに「お手伝いさん求ム」などの貼り紙でもないかと半ば本気で高級住宅街をうろついたりもしたが、結局見つからず、紹介所に登録し、派遣されたのが四十代の共働き夫婦のこの家であった。

雇い主は当初、三十前の里香が来ると聞いて、もっと年配のひとはいないのかと困惑していたらしい。それで里香が主人宅に出向いて面談をすることになったのだが、その面談の場にいたのは妻のほうだけだった。地味な外貌の里香が落ち着いて話す様子を見て妻は安心したのだろう、その場で派遣が決まった。若いけれど仕事は真面目にやりそうに見えたろうし、加えて、夫がときめく対象にはならないとの判断も恐らくあったのだと思う。

大人二人の世帯なのに、里香の勤務は平日すべて、つまり週五回である。十時半に来て、午後四時に帰る。業務内容は、掃除、洗濯と、夕食の支度である。食材は、宅配で届くものを冷蔵庫とパントリーに詰める。高齢者も子供もいなくて週五日勤務というのは紹介所でも珍しいケースらしい。

里香はいつも通り、洗濯からとりかかる。

洗濯物のほとんどがベッドリネンとタオル類である。枕カバーは毎日、シーツは一日置きに洗う。あとは部屋着類と夫のワイシャツ、下着ぐらいだ。妻の下着だけは本人が手洗いしており、それに気づいた里香は意外と慎みぶかい女性だと思ったのだが、洗ったものは洗濯機の収納庫の内部に干され、洗濯機を操作する里香のちょうど目の前にブラジャーとパンティーがぶら下がっているかっこうになる。奥ゆかしいのか開けっぴろげなのかわからない。

洗濯機をセットしたら、掃除にかかる。

一部屋ずつはかなり広いが、リビングと、寝室と、パソコン机が置かれた書斎風の部屋とバスルームしかないから、掃除は意外と楽だ。宝塚の衣装のような巨大な羽のはたきで家中のホコリを払い、掃除機をかける。週に一回は窓を拭く。

毎日掃除しているから、さほど丁寧にやらなくても清潔さは保てる。家の中は廊下を含めすべてカーペット敷きなので、床を磨《みが》く必要もない。

掃除が終わったら、持参した昼食をとる。冷蔵庫の食材で簡単なものを作って食べていい、と言われているが、それは里香の趣味に合わない。「流れる」の梨花は住みこみだから主人の家の台所で拵《こしら》えたものを食べただろうが、通いだったら、たぶん塩むすびでも持参したはずだ。

今日の昼食は、のり弁に、ほうれん草の胡麻和《ごまあ》えを添えたもの。あとはバナナが一本きりである。食べ過ぎは眠くなるから厳禁だ。昼寝しようと思えばいくらでもできてしまいそうな環境だからこそ、けっして寝ないようにしなくては。一度昼寝の味を覚えたら毎日やってしまいそうだ。

ベッドメイクをし、洗濯ものを畳んだら、あとは夕食の支度をするだけである。

病気がちだった母は十年ほど前に亡くなり、父は二年前脳梗塞《のうこうそく》で倒れ、一カ月ののち意識が戻らぬまま息を引きとった。里香はそのころ会社員だったし、家は持ち家、多少の貯えも遺してくれていたので姉妹ふたりが生活するのに支障はなかった。妹の多美子も、アルバイトとはいえ定期収入はある。

思いがけなかったのは、親がいなくなったことにより里香の家事負担が一切なくなったことだ。

妹の多美子には、指がない。

いや、足の指はすべて揃っている。手だって、右手の親指はあるし、左手は人差し指・中指以外は残っている。欠けた指も、いちおう第二関節まではある。

指先のない右手で字も書くし、ハサミも使う。髪を整えるのは面倒なのか、子供のころから一貫してショートヘアだ。でも、学校の体育の授業にもだいたい普通に参加していたし、あまり機会はないが乗ろうと思えば自転車にも乗れる。大抵のことは自分でできるのだ。

ただ家事のような、家のなかの誰がやってもいいようなことは、多美子よりも、自分がやるべきだと里香は思っていた。

妹の指のない理由を、里香は知らない。

里香が物心ついたころ、二歳下の多美子の指はすでに今の状態だった。里香はそのことをほとんど気にしていなくて、そんなものかと、ただ見たままに受け入れていた。多美子が幼稚園に入ると、その異状は周囲から知らされた。多美子の指に気づいた男の子が大声で「うわっ」と叫んだり、どこぞのおばさんたちがひそひそ囁《ささや》いたりするからだ。その、どこぞのおばさんの言葉を借りて、里香は、「多美ちゃんの指って、〝生まれつき〟なの？」と父に尋ねたことがある。

特段怖くも優しくもない父が、そのときは里香の頭にふわりと手を置いて、

「生まれつきじゃないんだ。でも、里香はそんなこと気にしなくていい。お母さんにはそんなこと訊かないことにしよう、な」

と、ことさら穏やかな笑顔で諭《さと》したことをよく憶えている。

今日の夕食の献立は、銀だらの煮付け、かぶと春菊のサラダ、厚揚げとにんにくの芽炒め、ごま豆腐、けんちん汁、である。好みなのか健康のためか、和食中心の献立をリクエストされている。惣菜類はレンジで温めなおすのだろうが、ご飯だけは炊きたてを食べたいらしく、米を研《と》いで浸水し、あとは炊飯器のスイッチを押すだけの状態にして

おくよう指示されている。

サラダにラップをかけて冷蔵庫へしまい、そのすぐ横にわかるように手製のドレッシングの入った片口容器も置いておく。時計を見ると三時五十分で、もう一仕事はできそうにないので、持ってきた文庫本を開く。幸田文ではなく、図書館で借りた料理研究家のエッセイである。細切れの時間にちょっと読むのにちょうどいい。

時計がきっかり四時になるのを確認し、マンションを出る。フロントは年配の男性スタッフに替わっていた。地下鉄を乗り継ぎ、二十分ほどで自宅の最寄り駅に着く。

飲食店やパチンコ店、薬局などが立ち並ぶありふれた駅前の光景だが、一本裏道に入るといかがわしい店の看板がぽつぽつ目につく。めまぐるしい呼称の変遷を経たそれらの店たちは、いまは「エステ」と名乗っていることがわかる。

路地を横目にさらに歩くと、すぐに住宅と町工場だけのあっさりした街並みに変わる。全体が白かグレーか茶色で構成されている家々のなかの、モルタル壁のありふれた二階建てが、両親が遺してくれた家である。呼び鈴を押して中から開けてもらってもいいが、里香はだいたい自分で鍵を開けて家に入る。ドアが閉まる音が響くと同時に、

「里香ちゃん、おかえり——」

と、多美子ののんびりした声が聞こえてきた。くぐもってはいるが、陰気な感じはまったくない声質である。里香と多美子は二学年違いだが、里香が二月生まれ、多美子が

翌年の五月生まれなので、実際は一年ちょっとしか歳が離れていない。そのためか、昔から里香のことをお姉ちゃんではなく里香ちゃんと呼ぶ。

里香は居間兼食堂の和室に入る。今風のLDKではなく、独立した台所の隣に和室がある。多美子が生まれたあと購入したというこの家は、買った時点ですでにまあまあの中古住宅だったので、間取りが旧式だ。和室の中央には円形のちゃぶ台があって、多美子はその前に座ってテレビを見ながらさやえんどうの筋をとっていた。こういう細かいものをつまむ作業をするときは、左手に残った指先を使う。

「帆立が魚亀《うおかめ》さんのお勧めだったから、今夜は五目ちらしだよ」

化粧気のない丸顔を緩ませ、里香を見上げる。いつも笑っているように目尻が垂《た》れていて、鼻と口は小さく目立たず、いかにも人の好さそうな顔をしている。膚《はだ》の手入れに無頓着《むとんちゃく》だから頬がかさついていて、里香はいつもクリームでも塗ってやりたくなる。

「お茶淹《い》れようか？」

多美子がさやえんどうの筋の溜《た》まった新聞紙を丸めて立ち上がろうとする。

「ん、いいよ、立ってるついでに淹れてくるから。それも捨ててくる」

里香は丸めた新聞紙を受け取り、隣の台所に行く。炊飯器が音をたてて作動中で、小さなテーブルの上には飯台と、鍋にはすでにお揚げや人参が茶色く煮あがっていて、その脇に、酢ばすの小鍋もある。

多美子がこれほど器用に家事をこなすことを、父が亡くなるまで里香は知らなかった。母は生前、多美子にはなんでもやらせていた。絵筆からカッターまで、多美子がうまく使えるようになるまでしつこく練習させたし、縄跳びも、自転車も、母が根気強くつき合って多美子に習得させた。今思うと、どれも学校の授業や、友達との遊びのなかで必要なことばかりだ。家庭科の授業があるから、料理や裁縫も教えていた。だから多美子がなんでもできることは里香もわかっていたが、多美子は一通りのことを人並みにするだけで大変なのだから、日常の家のなかのことは妹にさせないことが、里香にとっては自然なのだった。

それが、父の葬儀を終えてちょっと落ち着いたあと、

「今まで里香ちゃんに任せっきりだったぶん、これからは私が家のことやるから」

と多美子が宣言し、アルバイトの傍《かたわ》ら、すいすいと主婦業もこなしはじめたのである。

お弁当だけは本人の趣味もあるので里香が作るが、朝食と夕食は多美子が拵えている。

多美子のアルバイト先は駅前のラブホテルで、週に五、六日、午前八時から午後三時まで、メインはフロント業務だが、客室から注文が入ったドリンクや軽食の準備もしている。

その「おぎの」というラブホテルは両親と同じ年配の荻野《おぎの》夫妻が営《いとな》んでいて、駅向こうの小学校に姉妹が登校する際、ホテルの入り口前を掃除している夫婦に元気よく挨拶

するようになったのが縁のはじまりだった。そのうち立ち止まって会話するようになり、子供がいないらしい二人に可愛がられるようになった。里香も多美子ももちろんラブホテルが何なのか知らないので、朝路上に水を打ったり箒《ほうき》で掃いたりしている荻野夫妻に屈託なくまとわりついていた。ラブホテルが何をするところかを知ったあとも、交流は続いた。

多美子が大学四年生のとき、風営法が変わるとかで、フロントに人を常駐させねばならない、と、高齢の清掃係と夫婦だけで営業を回していた「おぎの」は窮地に陥《おちい》った。以前はフロントに人を雇っていたこともあったが、売上や釣り銭をごまかされることが続いたらしい。特殊な職場ゆえか、信頼できる人を見つけるのは難しいのだ。それでフロントは夫婦二人が交代で回し、人の出入りの少ない昼間と夜中は呼び出し鈴を置いて休憩にあてていたのだが、常駐では体力が保《も》たない。

多美ちゃん就職もう決まったの？　と荻野の奥さんが尋ねてきて、とくに就職活動もせずのんびりしていた多美子は、何も決まってない、よかったら手伝おうか、と、冗談のつもりで申し出た。

それが卒業後すぐに、アルバイトとして「おぎの」で働くことになったのだ。

大学を出たのに何もラブホテルでアルバイトしなくても、と、父も里香もやんわり反対した。しかし多美子は聞かなかった。

「だって荻野さん、私のこと、フロントに座らせるって言うの」

と言う。父と里香がきょとんとしていると、

「フロントって、小さい窓から鍵を出したり、料金受け取ったりするの。この手でだよ」

と、丸顔をほころばせる。

「お客さんびっくりさせちゃうかもしれないのに、こんな手の私に、何の心配もせず、フロントやらせようって言うんだから、張り切っちゃって当然でしょう」

ゆったりとした口調でそう言われては、父も里香も頷《うなず》くしかなかった。多美子が自分の指のことを話題に出すこと自体珍しいことだったから。

口に出すのもいやなので何も言わない、というのとは違う。多美子は子供のころから、多感な時期を含め、指がないことを嘆くようなことを一切言わなかった。辛い目にまったく遭わなかったということはないと思うのだが、多美子はいつも機嫌良さそうに、のほほんとしていた。

夕食はだいたい七時スタートが習慣となっていて、十分前になったのを機に多美子が立ち上がった。さっき筋をとっていたさやえんどうはすでに茹でられ千切りになっており、錦糸卵もできている。酢飯と具材ももう飯台のなかで混ざっている。

「その場で取り分け式にしよう」

と、銘々皿《めいめいざら》に盛りつけるのではなく飯台の鮨の上に帆立の刺身を載せていく。さやえ

んどうと卵も散らす。そして「あー、赤がなかった」と呟《つぶや》く。
「赤みがあったら色合いが完璧だった。いくらじゃ値が張るから、でんぶでも作ってお
けば良かったなあ」
そして冷蔵庫を開け、「あったあった」と嬉しそうに瓶に入った赤かぶの漬物を出す。
小さなまな板の上で漬物を手早く刻む。そしてそれを五目ちらしの上にバランス良く撒
いて、
「あるもので何とかする」
と満足げに頷いた。
あるもので何とかする――。多美子の口癖であり、信条でもある。聞いているほうに
は、どうしたって残った指を連想させる。たしかに多美子は、右手の第二関節までの指
も総動員し、まさに「あるもの」で何とかしてきた。それだけでなく、倹約家で滅多に
物を買わず、子供のころは着るものすべて里香のお下がりで満足していたし、里香より
背が高くなってからは、父のお古すら着ていた。今日着ているTシャツも父のものだ。
里香以上に地味な身なりだが、料理の盛りつけや家の中の整頓について、多美子の美
意識は高い。今夜の五目ちらしも、美味しそうなだけでなく、色合いも照りツヤも完璧
である。
ケーキを切るようにご飯が取り分けられる。常備菜や漬物も並べられ、テレビを消し

た和室で姉妹はちゃぶ台を挟んで向かい合って食事をとる。

「そうそう、そろそろ、里香ちゃんにも会ってもらいたいんだ」多美子が言う。

「ん？　誰か、会わせたい人がいるの？」顔なじみになった町内の誰かを引き合わせたいのだろうか、と里香は思う。

多美子は近所付き合いが得意である。多美子と親しくなった近隣のおじいさんとかおばさんがたまに家を訪れることがあって、里香だけが家にいるときにびっくりさせないよう、そういう知り合いをちゃんと里香に紹介するのだ。

「付き合ってる人ともう六年になるから、そろそろ、里香ちゃんにも、会ってほしいと思って」

付き合っている人、というのがいわゆる彼氏であることに結びつくまで、少々時間がかかった。

多美子の言葉がつっかえながらであったのと、頬が赤らんで目線が泳いでいるので、妹にそういう相手がいることを、里香は初めて悟ったのである。

「あ、やだ、何、多美ちゃん、そういう人いたんだ。ぜんぜん気づかなかった」

里香が上ずった調子で言うと、多美子ははにかんで箸《はし》で挟んだ酢ばすを口元に運んでは皿に戻したりしている。

多美子に恋人がいたこと以上に、里香は、多美子の照れている様子に驚いた。

ふだんまるで動揺を見せない妹なのである。

指がないことを気にしないだけでなく、何が起こっても慌てるということがない。それは子供のころからで、頭から転んで両頰両膝擦りむいても黙って立ち上がって埃《ほこり》を払っていたし、雨で全校遠足が当日中止になったときも、里香が嘆いて騒いでいるのに、多美子は泣き笑いのような顔で窓の外を眺めやるだけだった。

母が死んだときも、父が倒れたときも、多美子は悲しみこそすれ、取り乱すことはまったくなかった。特に母のときは姉妹二人ともまだ高校生で、いよいよ危ない状態になり親戚が集まった病室で、里香は叔母にとりすがって泣いてしまったのだが、多美子はベッドの傍らで、慈愛に満ちた表情でただ母を見下ろしていたのだ。そのあと里香の肩を抱いてさするほどの余裕があった。母の葬儀後、多美子の食欲がめっきり落ちて痩せたことに気づくまで、里香は多美子が悲しんでいないのではないかと疑うほどだった。

その多美子が、羞《は》じらっている。

「それは会ってみたいな。え、どんな人？　六年っていうと、多美ちゃんが学生のころから？　同じ学校のひと？」

「いや……」

多美子は箸をちゃぶ台に置き、膝に両手を突いている。

「学生のとき、バイトで家庭教師ちょっとやってたでしょ。そのときの、教え子」

里香は頭の中で素早く計算をする。

たしかに、学生生活の後半、多美子はアルバイトで家庭教師をしていた。一人目は女子高生で、教え方がうまかったのか指のことはまったくハンデにならず、その生徒の親の紹介で翌年度男の子を教えていた。そのときの子か。多美子が大学四年、相手が高校三年とすると、四歳年下ということになる。

「四つぐらい下？」

訊きながら、妹の恋人の年齢などを気にする自分が浅ましい気になった。

「うん、そう、四つ下で、去年社会人になったばっかり。だから結婚とかそういう話じゃないし、そもそも結婚自体私はまったく考えてないんだけど、里香ちゃんも彼も大事な人だから、二人に会ってほしいと思ったんだ」

多美子はもう落ち着いて、いつもの平らかな表情に戻っている。

「仕事は何やってる人なの？」

「証券会社で働いてる」

「へえ、お父さんとおんなじだ」

父は、日本橋に本社のある中堅どころの証券会社にずっと勤めていた。

「そう、そうなんだよね。お父さんとはあんまりタイプが違うから、同業って感じがしなかったけど」

「やっぱり日本橋とか、茅場町《かやばちょう》とか、あのへんの会社？」

「いや、六本木とか麻布とかの辺。日本のじゃなくて、アメリカの証券会社らしいんだよね」

　恋人の勤務先の社名までは知らないらしく、そういうところに頓着しない点は多美子らしかった。しかしアメリカの証券会社に新卒で入るのは結構大変なことなのではないかと、里香はぼんやり考えた。

　翌週末、多美子の恋人である山名《やまな》君が家にやって来た。

「すいません、こんなかっこうで。本当はスーツで伺おうと思ったんですけど」

「いや、スーツで来るっていうから、もっと気楽なかっこうで来てよ、ってお願いしたのよ」

と、山名君は恐縮し、多美子は笑っている。こんなかっこうで、と言う山名君はそれでもちゃんとしたポロシャツとチノパンの姿で、その横にいる多美子は、あろうことか今日も父のTシャツを着ているのだった。

　日本のスポーツ用品メーカーのロゴの入った、赤いTシャツである。多美子は身長が一六五センチと割に高く、手足が長く肩幅のしっかりした大らかな骨格で、肉付きは薄い。さらにショートヘアで化粧気がないので、そんなTシャツを着ていると体育の女教師に見える。

対して山名君は小柄で、目の大きな童顔は美少年といってもいいくらい可愛らしい。勤務先は金融などに疎《うと》い里香でも名前を聞いたことがある有名な会社で、すごいですねえ、と褒めると、

「いや、そもそも多美子さんのお力で無事大学に入れたおかげですから」

と謙遜する。

「でも、英語だってできるんでしょう」

「いや、ま、それは、親の仕事の都合で何年かアメリカで暮らしましたから、それでちょっと話せるってだけで」

「へえ、帰国子女なんですか」

「いえ、はあ、でも、サンノゼって田舎ですから、ただもうほんとにのんびりと育って」

同世代の女の子にいくらでももてそうな山名君だが、体育の女教師のような多美子の隣で、多美子の姉である里香にひたすら恐縮し、緊張している様子だった。その緊張は多美子を大切に思う気持ちの現れであろうから、それは姉として微笑《ほほえ》ましいものだった。

同時に里香は、この二人には不釣り合いと言える一面があることを理解していた。多美子の指とか、仕事といった、表層的なこと。しかし、そんな一面を吹き飛ばす多美子の魅力というのも、またよく分かるのだ。これほど指の少ない女の子も滅多にいないが、二十代でありながらこれほど泰然とした女性というのも、同じくらいまれなのだと思う。

肝がすわって、いつも落ち着いている。恋人の前で着るものにはこだわらないが、だらしないわけではない。料理や掃除には美意識を発揮する。多美子なりの厳然とした優先順位があって、それは揺らがない。山名君は、その強度とか、そこから得られる安心感みたいなものの価値を、たぶん知っているのだろう。

近所の街並みを見たいと山名君が言ったので、多美子と二人揃って食材の買い出しに行ってもらった。里香と多美子で夕食の支度をする間、彼にはビールでも飲んでゆっくりしてもらおうとしたのだが、山名君は何かと台所に顔を出しては「これ、洗いましょうか」などと手伝おうとするので、押し戻すのが手間だった。

駅向こうの商店街を歩きながら多美子が決めた献立は、油淋鶏《ユーリンチー》、マカロニサラダ、しそつくねなど、見栄えよりボリューム重視なものだった。山名君は丸呑みするように勢いよく食べ、ビールも勧められるまま飲み、多少ふらつきながら帰って行った。

里香が洗い物をしていると、山名君を駅まで見送った多美子が帰ってきて、洗い上がった食器を拭いていく。

「いい人だね」

「そうだよね」

「可愛い顔してるし」

「そうだね。高校生のときなんて、子供みたいな顔してた。ニキビも髭《ひげ》もなくて」

「今だってニキビも髭もないじゃない」

「まあそれでも、昔よりはざらざらしてきた」多美子が拭いた皿を食器棚に仕舞いに離れ、また戻ってくる。

「あ、そういえば」

「ん？」

「山名君の会社の上司がね、この前初めて会話に登場したんだけど、名前が、保母《ほぼ》さんっていうの。珍しい苗字《みょうじ》だから印象に残ったんだ。ま、珍名という点では私らも人のこと言えないけど」

「え、保母さん？」これには里香も驚いた。

「そう、保母さん。里香ちゃんが行ってるお家も保母さんじゃなかったっけ？」

そう、里香が家政婦として派遣されているのは、保母夫妻の家なのだ。

「山名君の上司の保母さんは、男性、だよね？」

里香は訊いた。派遣が決まったとき、たしかご主人は外資系勤務、奥さんはキャリア公務員のエリート夫妻だと聞いた。滅多にない苗字だし、たぶん雇い主の夫のほうが山名君の上司なのだろう。

「うん、男性。里香ちゃんが通ってるマンションの近くに、バチカンの大使館ってある？」

「あ、あるある。窓から大使館のもっさりした緑が見えるよ」

「じゃあ間違いないね。バチカン大使館の近くに住んでるから、会社の若い人の間では〝法王〟って呼ばれてるんだって」

「へえ……。そんなあだ名つけられるってことは、恐れられてるのかなあ。それとも、慕《した》われてるのか」

「里香ちゃんは、その、保母さんに会ったことある？」

「いや、奥さんのほうしか会ったことない。それも数えるくらいしか会ったことないし。奥さんはすごい綺麗な人だよ」

「へえ。旦那さんも素敵なのかな。山名君、見た目のことは言ってなかったけど」

「太ってはいないかな」

「……あ、洗濯物？」

「そう。服や下着はどれもMサイズだから」

「あれ、いいの？　守秘義務」

　そこで二人で笑って、話題は山名君のことに戻った。山名君が、上司の保母さんについてどんな話をしていたのかは聞きそびれた。

　保母氏との対面は、それから割とすぐのことだった。

　里香がマンションに入ったら、頰のふっくらしたフロントの女性がはっとしたような目を向けて、何か言いたげに口を開いた。用があるのかと思ったが、何も言いださないのでいつものように会釈して通り過ぎた。

三〇二号室の玄関を開けようとしたら、鍵がいつもの方向に回らない。開錠されているのだ。

住人が戻ってきているのだな、と里香は判断した。フロントの女性は、一応の情報として「お戻りですよ」と告げたかったのではないか。

また徹夜明けの妻のほうがシャワーを浴びに戻ってきたのだろう、とドアを開けると、マットの上に男物の革靴が置いてある。里香は瞬時に緊張した。室内履きに履き替え、大きな声で「おはようございます」と言いながらリビングに入った。

「うわああっ、びっくりしたっ」

ネクタイのないYシャツ姿の保母氏が、気の毒なくらい顔を歪《ゆが》ませている。

しかし里香の姿を上から下まで見て事態を理解したらしい、

「ああ、そうか、家政婦のくる時間か」

ほっと肩の力を抜いている。

里香は初めて会うもう一方の主人の姿を眺める。中背で、痩せ型で、顔の長い、どこにでもいそうなおじさんだ。少し安心する。

「お初にお目にかかります。家政婦の鬼瓦《おにがわら》里香と申します。もう一年近くの長いことお世話になっております」

　やや古風な言い回しになったのは、咄嗟《とっさ》に「流れる」の梨花を演じたからだ。

「ああ、どうも。保母です」

　保母氏は思いのほか丁寧に頭を下げた。すると、頭頂部がほとんど禿《は》げていることが明らかになった。

〝法王〟というあだ名のルーツはここにもあるのかもしれない。ローマ法王が被っている半球形の帽子を連想させる。

　里香は、保母氏の普通っぽい雰囲気に気が緩んだ。

「今日は、これからお出かけですか？」

　尋ねてみる。すると、

「いや、忘れ物を取りに来ただけ」

と、目的を思い出した保母氏はきびきびした口調で答え、コーヒーテーブルに置かれた大きい封筒を手にとった。

「じゃあ、出ますから」

　里香の横を通り過ぎようとしたところで立ち止まり、

「若い人とは聞いてたけど、本当にまだ若いんだな」

　しげしげ里香の顔を見る。あまりに近距離で見られて、里香は思わず顔を伏せる。そ

して「流れる」の梨花のように、

「はあ」

と相槌をうった。

保母氏は歩き出し、玄関マットに置いてある革靴に足を入れながら、

「まだそんなに若いのに、なんだって家政婦なの？」

と、金属的な、よく通る声で訊いてくる。

今まさに出かけようとしている主人に、「幸田文の小説に、〝流れる〟というのがありまして、その主人公が女中で……」などと話し出すわけにはいかない。しかし適当な理由も即座に思いつかず、

「はあ……」

とだけ言った。保母氏だって里香の返答にさほど興味はないだろう。

靴べらを持って黙って控えている里香に、保母氏は振り返って言った。

「はあ、って返事はないだろう」

大きな声だった。

「はいっ。失礼しました。あのっ、すいません」

里香がしどろもどろになっている間に、保母氏はドアを開けて出ていってしまった。

カチリと音を立ててドアが閉まったあと、里香はしばらく動けなかった。

男の人に怒られたことが、いや、大人の男性にあんなに大きくよく通る声で話されたことすらほとんどないから、里香は怖かった。以前勤めていた会社にいたのはおっとりした優しいおじさんばかりだったし、生前の父は、小さな声でぼそぼそと話した。慣れていないから、必要以上にびっくりしてしまった。

安易に梨花を演じたことが失敗だったという自己嫌悪もあった。里香は冴えない気分のまま、仕事に取りかかった。

枕カバーを外す。セミダブルのベッドが二つ並んでいて、両脇にサイドテーブルが置いてある。手前のテーブルに髪をまとめるクリップが置いてあるので、手前のベッドが妻、奥が夫なのだろう。

奥のベッドの枕カバーを外すときは忌々《いまいま》しい気分になった。きつい言い方をする、厭な男だと思った。

どちらのベッドにも羽毛の枕が二つずつ置いてあるが、手前の妻のベッドには、もう一つ小さな枕がある。カバーを外すと、そばがらの枕が出てくる。田舎の家にあるような、厚みのある、硬いそばがら枕。

あの綺麗な奥さんが、こういう枕を手放せないのかと思うと微笑ましい。

それにしても、見た目には不釣り合いな夫婦だ。

自分は美人だけれど相手の容貌にはこだわらない、と思えば好感が持てるが、顔より稼ぎなのかと思うと少し白ける。

持参した昼食を食べ終わるころにはいつもの気分に戻っていた。洗濯物を畳み、ベッドメイクをし、主菜一品、副菜三品の夕食を作り終え家に帰った。

「おかえり――」

ふだん通りの、くぐもってはいるけど陽性な声で、多美子が迎える。

「今日の昼間〝おぎの〟でね、男性二人、女性一人の三人組のお客さんが来たの。荻野さんからは、三人までは一部屋でオッケーって言われてるからチェックインしてもらおうとしたんだけど、荻野のおじさんが慌てて飛んできて、すみません、三名様はお断りしてます、って、追い返しちゃったの」

「……へえ？」

「なんでも、女性二人、男性一人はいいんだけど、その逆はダメなんだって。犯罪の可能性があるってことで、業界内ではタブーになってるらしいよ。あとね、女性三人はいいけど、男性三人はダメなの。なんでだと思う？」

「えー……。汚しそう、とか？」

「ううん。男が三人もいると、家具とか什器《じゅうき》とか大量に盗まれちゃうことがあるんだって」

「はあ、なるほど。いざとなればテレビとかも持っていけそうだもんね」

「荻野さんの知り合いのホテルで、ソファを持ってかれたとこもあるらしいよ」

「え――、でも、欲しいかな、ラブホテルのソファ」

「何してるかわかんないよね。〝おぎの〟でも、清掃のおじさんが部屋に入ったら、ベッドは使った形跡がないのに、ソファが縦に置かれてたことがあったって」

「縦？」

「そう、縦にして壁に立てかけてあったって。いったい何がどのように行われていたのやら」

多美子は笑いながら台所へ向かい、里香は自分の部屋に行く。紹介所から貸与されている金庫に保母家の鍵をしまい、部屋着に着替える。お風呂の追い焚《だ》きのスイッチを入れたあとは、ちゃぶ台の前に座ってテレビや新聞を眺める。家の中はどこも整って、料理の出来上がりを待つ間それくらいしかすることがない。

「できたよー」

と声がしたので、里香は台所から和室に惣菜を運び、多美子が炊き込みご飯をよそう。

半分くらいまで食べてから、里香は、

「今日、保母さんの旦那さんのほうに初めて会った」

と言った。

「やっぱり」

「え？」

「里香ちゃん、何か変わったことがあったような顔してたもん」

自分はそんな顔をしていたのか。そして多美子はそんな姉の顔を見分けられるのかと、
里香は口角を引いて頬をほぐした。

「ふつうのおじさんだったよ。あと、ドーム状に禿げてた」

「へーえ、禿げてるんだ」

「頭良さそうな人で、頭使いすぎて禿げちゃった感じ。あれ、山名君の会社で法王って
呼ばれてるのって、ローマ法王の帽子に似てるせいもあるんじゃない？」

「ああ、なるほど。あの天辺《てっぺん》に載せてるやつ」

里香は返事せず味噌汁をすすった。

「で、保母さんと、何かしゃべった？」

「いや、忘れ物取りに来ただけだから、すぐ出てっちゃった」

「そっか」

「――でも、私が若いから、驚いてたみたい」

「はは、里香ちゃんはまた特に歳より若く見えるから」

「まだ若いのに、なんで家政婦なんかやってるの、って、訊かれた」

保母氏は、家政婦〝なんか〟とは、言っていなかったかもしれない。でもいずれにせ

よ、そんなニュアンスを含む言い方だった。

「あんまり感じ良くなかった。食いつくなら鬼瓦って苗字のほうでしょ」

「鬼瓦はスルーだったんだ。で、なんて答えたの？」

「そんなの、まともに答えないよ。向こうだって知りたくて訊いてるわけじゃないだろうし」

「そうかな、知りたかったんじゃない？」

「え？」

「私だって知りたいよ。里香ちゃんがなんで家政婦の仕事選んだのか」

「——だって、事務仕事あんまり楽しくなかったし」

「幸田文の小説好きなのは知ってるよ。でも里香ちゃん、料理も掃除もほんとうは好きじゃないでしょ？　上手にできるけど」

「……あ、好きじゃないの、ばれてた？」

「わかるよ。それに、大抵の子供は家の手伝いなんてそもそも好きじゃないし」

「うん——」

自分の内面が話題になっていることが照れ臭く、里香は味噌汁のしじみを箸の先でほじった。

「家政婦を選んだ理由なんて特にないよ。なぜそれを選んだか、より、いかにそれをやって行くかのほうが大事でしょ」

姉っぽい口調で言う。しかし多美子は、

「うん、たしかにやることが一番大事だけど、なんで、を考えるのも時々は必要じゃないかなあ」

と、珍しく食い下がった。でもそれ以上の追及はせず、食事を終え二人でテレビを観た。

なんで家政婦なんだろう。

保母家での仕事中、里香は時折考えた。しかし、幸田文と梨花に憧れたということ以外の答えは見つからなかった。

保母氏との初対面から二、三週間経ったころ、持参した海苔《のり》巻きをお昼に食べていると、インターホンが鳴った。食材が届く日ではないから、宅急便でも来たのだろうと画面を覗くと、髪の長い女性が映っている。

「あ、保母です。急で申し訳ないけど帰ってきたので、開けてもらえる？」

妻のほうだった。インターホンの粗い画質で見ると、ひどく老けて見える。鍵は持っていないのだろうかと疑問に思いつつ里香はオートロックを解錠し、一切れだけ残っていた海苔巻きを慌てて呑み下した。

「おかえりなさいませ」

迎えに出ると、奥さんは、

「急に午後代休が取れることになって。電話でも入れようとしたんだけどそのまま帰ってきちゃった。いきなり鍵開けて入ったら驚かせちゃうと思って、オートロック開けてもらったの」

と説明する。

「それで、これから家でゆっくりしようと思うから、突然で悪いけど今日はもう仕事終わりにしてもらえる？　こっちの都合なので、まる一日働いたことにしてもらっていいから」

昼に上がるのに夕方まで働いたことにすることには気がひけたが、奥さんが疲れていそうなので里香はさっさと帰ることにする。洗濯物は昼前に畳んだし、今日はシーツを洗わない日だからベッドメイクの必要もない。エプロンをバッグに突っこみながら、

「お夕食はよろしいんですか？」

と一応尋ねる。

「うん、今日は一人だから適当にやるわ」

ご主人は遅いんですか？　と尋ねようとしたが、あの夫の大きい声を思い出して口をつぐむ。では、失礼します、と帰ろうとすると、

「あ、ちょっと待って」

と里香を止め、奥さんはリビングの端にある本棚のガラス戸を開けた。

「これこれ。この本、あなたのじゃない？」

差し出されたのは、確かに里香が以前読んでいた文庫本だった。昼食をとりながら読んでいたのだが、うっかり忘れてしまったらしい。

「主人が私のだと思ってここにしまっちゃったのよ。あなたにわかるところに出しておけばよかったんだけど、ずっと忘れちゃって」

「あ、いえ、私こそ、お昼の休憩中に読んでいて、そのまま置いていってしまって、失礼しました」

里香は恐縮して受け取る。

「あ、あと、ひょっとしてこれも、あなたの忘れ物じゃない？」

奥さんは、かがみこんで本棚の一番下の段から二冊の本を持ってきた。

丸善のブックカバーのかかった単行本で、一冊ずつ表紙を開いて中を見せてくる。

〝冬の登山大全〟

〝若きアルピニストの死〟

どちらも山登りに関する本だった。もちろん、里香のものではない。

「いえ、私のではありませんが……」

ご主人のものでは？　という含みを持たせて言う。奥さんは眉間《みけん》に皺を寄せて、

「そう……。この前、新聞と一緒に重ねてあったから、てっきりあなたのだと思ったのよ。うちの人は山登りなんて全然しないし」

「最近興味を持つようになったとか……」

「ううん、ないない。高所恐怖症だし。それに寒がりだから、冬の登山なんて絶対にあり得ない。完全にインドア派だし。だからすっかりあなたのだと思ってたんだけど」

白いブックカバーに透ける〝冬の登山〟という表紙の文字を指でしばしなぞったのち、「見なかったことにしよう」と呟きながら、登山関連の本二冊を本棚にしまった。

互いの読書の嗜好《しこう》について、夫婦間で話題にしづらいのだろうか。里香は不思議な心持ちで奥さんの後ろ姿を眺めた。長身にパンツスーツが似合っているが、紫系のくすんだ色合いのスーツはよく見ると年代物のようで、形も色も少々野暮《やぼ》ったい。

着飾りがいのある容貌だし、お金もあるのだから、使い捨てのように新しい洋服を買いそうなのに、忙しく仕事をしている人は意外とこういうものなのかもしれない。学生時代もまじめに勉強していただろうから、ファッションなどに疎くてもおかしくはない。

そばがら枕も愛用していることだし、と、里香は女主人に親しみを感じた。もちろん態度は崩さぬまま帰ったが、その日以降、保母宅を綺麗に保ったり、美味しくて栄養バランスのよい食事を作ることに、これまでにない張り合いを覚えた。梨花や文をなぞらずとも、どこか面白みがある。

登山の本のことはそのまますっかり忘れていたのだが、思いがけない形でまた山の話題に触れることになった。

窓拭きはだいたい水曜にやることにしているが、水、木と雨が続いたので、その週は金曜に窓を拭き、続けてベランダも掃いた。夕食の支度もだいたい終えてひと息ついていると、またインターホンが鳴った。

画面を見るとエントランスにいるのは法王の方の保母氏で、里香はたじろいだ。

「ちょっと早いんだけど帰ってきました」

保母氏は言い、里香はオートロックを解錠する。玄関で出迎えると、

「鍵は持ってるんだけど、いきなり開けて入ったらびっくりさせちゃうと思ったからピンポン鳴らしたよ」

と、保母氏は奥さんと同じような気遣いをしている。それで里香の警戒はわずかに解けた。

「今日は昼から人間ドックだったんで、終わってそのまま帰ってきちゃった」

とのことで、ソファに鞄を投げてそのあと自分も座る。

里香の勤務時間はあと三十分残っている。お茶淹れましょうか、と尋ねると緑茶を所望したので、湯を少量沸かして淹れる。

お茶をソファテーブルに持っていくと、「ありがと」と言い、音を立てて啜《すす》る。テレ

ビをつけるでもなく、ただソファに座ってお茶を飲んでいるので、里香はキッチンに戻って夕食の仕上げをする。

キッチンからはソファの背もたれと、保母氏の禿げた頭が見える。お茶を啜る音に紙をめくる音が加わったので、どうやら新聞を読んでいるらしい。

水でもどした塩蔵わかめ、鳥貝、ミョウガの順に小鉢のなかに盛り、ラップをかけ、甘酢の入った小瓶と並べて冷蔵庫に入れる。時計を見ると四時一分なので、帰り支度をする。

「では、今日はこれで失礼いたします」

ソファの後ろから保母氏に声を掛ける。

保母氏は顔だけで振り向き、

「鬼瓦さん」

突如呼びかけてきた。

里香は、保母氏が自分の苗字を憶えていることに驚いた。

「……はい」

低い声で、慎重に返事をする。

「鬼瓦多美子さんは、あなたの妹さんだよね？」

急に多美子の名が出てきたので、里香は固まった。しかし、保母氏と多美子の間には山名君という共通の知り合いがいることを思い出し、そうか、つながっていてもおかしくないのだ、と気を取り直す。

「はい、多美子は私の妹です」

滑舌《かつぜつ》よく答えると、

「先月だったか、妹さんに会ったよ。まあ、妹さんからも聞いてると思うけど」

と、思いがけないことを言う。多美子からは何も聞いていない。いつ、多美子は保母氏と会ったのだろうか。なぜ里香に黙っているのだろうか。

「なかなかのケツブツだよね」

一瞬、ケツブツという言葉を理解できず、尻にぶつぶつがいっぱいある絵柄が頭に浮かぶ。

すぐに、傑物《けつぶつ》だと理解する。多美子のことを言っているのか。たしかに、傑物といえるところのある妹である。しかし、この目の前のおじさんにその傑作ぶりは通じるのだろうか。山名君という媒介を当てはめても、この保母氏と多美子が邂逅《かいこう》しているさまは、すんなり想像できない。

妹からは何も聞いてません、とも言いづらく、しかし黙っていてはまた怒られそうなので、

「いえ、そんな」

と、とりあえず傑物という評に対して姉として頭を下げる。

保母氏は、湯呑みを高く上げてお茶を飲み干し、

「妹さんは――」

とだけ言ったあと、黙りこんだ。

指のことを言うつもりだろうか。

里香は身構えた。いったん気を許させて、図らずのタイミングで、聞きたくないようなことを言い出す。この保母氏は、たぶんそういうタイプの人だ。そういう相性なのだ。

「妹さんは――」

保母氏はまたそこまで言って言葉を切り、そして、続けた。

「山登りは、かなりやるんだろうね」

「はあ?」

しまった。はあ、と言ってしまった。しかし、保母氏の言っていることの意味がさっぱりわからない。多美子が、山登り? かなりやる? 学生のとき高尾山《たかおさん》に登りに行ったことはあるような気がするが。

そこで、あの二冊の本のことを思い出した。たしか、雪山の登山とか、登山家の死とか、そういった題名の本だった。

あの本と多美子が関係あるのだろうか。

返事ができない里香を、保母氏も黙って見つめている。そして、

「いや、話したくないならいいよ」

と、なぜか優しげに言う。

「今日の夕飯なに？」

いそいそと、キッチンのほうに歩いてくる。

「あ、鶏の治部煮《じぶに》と、三つ葉のサラダと、酢の物と、佃煮です。ご飯は、どうします？もう炊いちゃいましょうか？」

「あー、いやいや、まだいいよ。君、料理うまいよね。若いのにすごいよ」

冷蔵庫を覗きながら保母氏が言う。

「あ、そうそう、次会えたらこの話もしようと思ってたんだけど、鬼瓦さんさ、君、飲食業とか興味ない？やってみる気ない？」

里香は唐突な問い掛けに戸惑いつつ、飲食業、という言葉に、あるイメージが浮かんだ。

「飲食業って、ホステスってことですか？」

「えっ。違うよ。そうじゃなくて、食堂だよ。洋食屋」

保母氏は里香の勘違いはあっさり流し、

「僕の大学のときの同期がさ、いわゆる老舗《しにせ》の洋食屋の跡取りなんだけど、下町あたり

に支店出したいんだって。あの、谷根千《やねせん》とか、あるいは蔵前《くらまえ》とか、あのへん？　とりあえずは家庭的にこぢんまりとやりたいって言ってて、君みたいな人がやったらハマるんじゃないかなって僕が勝手に思ってたんだけど、もし手伝ってみたい気があれば紹介するけど、どう？」

例の大きな声で、一気に畳みかけてきた。里香はいよいよ返答ができず、ただ驚いて保母氏の長い顔を見た。

「ま、気が向いたら言ってよ。家政婦なんかより面白いんじゃない？　君がウチを辞めることになったら残念だけどね」

保母氏はウインクすらしかねない感じで、軽妙に微笑んで里香を見送った。

思いのほか自分が保母氏に評価されていたことに、里香はふわふわした心持ちで家までの道を帰った。洋食屋の支店には正直それほど惹かれなかったが、「料理うまいよね。若いのにすごいよ」という言葉が何より嬉しかった。次に、多美子の「傑物」が嬉しかった。

そう、多美子に、いつ保母氏に会ったのかを訊かなければ。

モルタル壁の我が家が見えた。保母氏は、最初の印象ほど悪い人ではなさそうだ、ということも多美子に伝えたい。多美子のことばかり考えていたら、その多美子が家から飛び出してきた。

「里香ちゃん！　ちょうど良かった」

今日は父のお古ではなく、しかし何かの参加賞で貰ったような広告入りのＴシャツを着ている。

「帰ってきたとこ悪いけど、一緒に〝おぎの〟に行ってくれる？　手伝って欲しいんだ」

珍しく息を切らしている。

「荻野のおじさんがね、ついさっきホテルの非常階段転げ落ちて、どうやら脚を折ったんだって。それでおばさんも一緒に病院行ってて、今清掃のおじさんしか居ないのよ。すぐ手伝いに行かなきゃ。里香ちゃんも手伝ってくれる？　金曜の夜だから、絶対に忙しくなるの」

そういう事情で、断る理由はない。里香も多美子に並んで今来た道を早足に歩く。

「おじさん、大丈夫なの？」

「頭とかは打ってないみたい」

「そう。まあ脚だけなら……って、折れてるんじゃ大変だけど」

そこで、山登りのことが頭に浮かぶ。

「多美ちゃん、今日、保母さんと話したよ」

「美人の？」

「そうじゃなくて、山名君の上司のほう。なんか、多美ちゃんと会ったって言ってたんだけど」

「そうそう、会ったよ。一緒に食事したの」あっさりと言う。

　里香は歩きながらまじまじと多美子の横顔を見た。

「なんで内緒にしてたの？」

「やだ、内緒にしてたわけじゃないよ」

「偶然会ったの？」

「ううん、山名君に頼んだ。里香ちゃんが保母さんに〝なんで家政婦？〟って質問されたって話を聞いたあと、保母さんに会わせて欲しいって山名君にお願いして、三人で食事したの」

　そこで多美子は吹き出して、

「山名君ったらね、適当な口実が思いつかなくて、〝僕の大切な人に会ってください〟っていきなり保母さんに持ちかけたんだって。まだ二年目の部下にそんなこと言われて、保母さんびっくりしただろうね」と、しばし笑う。

「どうして急に保母さんに会うことにしたの？」

「そりゃあ、里香ちゃんを落ちこませた人だからね」

　冗談のような口調で言う。

「でも会ってみて、悪い人じゃないってわかった。山名君からもね、保母さんは口が悪いんだけど、まったく悪気がないところが却って神々《こうごう》しくて、法王ってあだ名にはそんな意味合いもあるって聞いてたし」

そこでまたしばらく黙って並んで歩く。

「そういえば今日、山登りがナントカって言ってたよ。妹さんは相当山登りやるんでしようね、とか何とか」

「えっ、そんなこと言ってた？」

多美子は目を剝《む》いて、大笑いする。そして「ああ、悪いことしちゃったなあ」と、しばらく笑いが止まらない。

「ねえ、里香ちゃん」

声を改めて、話し出した。

「私の指のことってね、面と向かって訊いてくる人って、ほとんどいないの。里香ちゃんですら直接は何も言わないよね」

里香はどきりとする。たしかに、里香は幼いころの父の言葉を守り、母に訊かなかったばかりか、多美子にも、指に関する話を持ちかけたことはなかった。

「私に聞こえる声で〝どうしたのかしら〟とか、〝かわいそうに〟って話してる人はいっぱいいたよ。でも、直接指のこと訊いてきた人は、意外なことに今まで二人しかいないの。その二人目が、保母さん」

里香は多美子の次の言葉を待つ。

「保母さんは、お店に入って、ビールが来て、乾杯するときに私の指に気づいて、間髪いれず〝どうしたんだ？　その指は〟って、大きな声で訊いてきたの。あんまり屈託なくて笑っちゃった」

「で、どう答えたの？」

多美子の指の経緯を知らない里香は恐る恐る尋ねる。

「いい機会だから話すね」

多美子は進行方向に向き直る。

「どうして指を落としたか、私が中学に上がるとき、いや、生理が来たときだったかな……、憶えてないけど、だいたいそのへんのタイミングで、お母さんが教えてくれたの。お母さんは話しながら泣いてたけど、私にとっては最初から無い指だったから、むしろお母さんのほうが気の毒だった」

いつもの口調で、いつもの表情で多美子が話す。

「当時住んでた社宅が、アルミサッシの窓だったんだけど、アルミとは思えないくらい重たい窓だったんだって。思いっきり弾みをつけなきゃ閉まらないくらい」

なんとなく話の先が見え、里香は顔をしかめた。

「でね、私がハイハイできるようになったころ、掃き出し窓に私がいるの気づかないで、お母さんがその重たいアルミサッシを、思いっきり閉めたんだって。で、私の指が挟まったってわけ。すぱっと切れてたらまだ繋《つな》げられたかもしれないけど、潰れちゃってて、どうにもならなかったって」

里香は、多美子に接しているときの母の姿が頭に浮かんで、言葉が出なかった。絵筆をもつ多美子の手を包むように握って、いっしょに絵を描く母。運針する多美子を、じっと見つめる母の横顔、多美子の自転車の後ろを支えて駆ける母——

「でね、保母さんなんだけど」多美子はくすりと笑う。

「正直に話すのも無粋《ぶすい》な気がして、嘘ついちゃったの。冬の雪山で遭難しかけて、凍傷で指を失いました、って」

里香はぎょっとして妹の横顔を見つめる。

「なんでまた——」

「だってさ、普通尋ねにくいことあんまりあっさり訊いてくるから、何かびっくりさせてやりたくなったのよ。そしたら思いのほか凍傷に食いついてきて、どこの山で、とか、最初はどんな色になるんだ、とか、いろいろ訊いてくるから、はぐらかすの大変だった」

「——それだよ。保母さんの家に冬の登山の本とか登山家の死の本が置いてあって、奥さんが不思議がってたんだよ」

「え、本当？ よっぽど凍傷に興味持っちゃったんだね。それにしても本まで買うとは勉強熱心な」

多美子が愉快そうに笑い続けているうち、「おぎの」に到着した。

「おぎの」のバックヤードには、里香も何度か入ったことがある。古いホテルだが、いつも綺麗に片付いている。

「私はずっとフロントにいるから、里香ちゃんキッチンやってもらっていい？」

と、ざっとキッチン業務の説明をする。

「注文が入ったら私が知らせるから、ビールはこのレバー引くだけで、ソフトドリンクはこのグラス使って、適当に氷入れてね。他のお酒の注文が入ったらそのつど教えるから。食べ物はほとんどレトルトだけど、それも注文入ってから説明する」

多美子はフロントに戻ろうとする。里香はひとつだけ訊きたいことがあって、

「多美ちゃん、一個だけ訊いていい？」

と引き止める。

「なに？」

「さっき、指のこと直接訊いてきたの保母さんが二人目って言ってたけど、一人目って誰だったの？」

多美子は、ああ、と頷き、

「荻野のおばさん」

と、笑った。そして、

「もちろん、荻野さんには本当の理由話したよ」

と言い、フロントに向かっていった。

金曜の夜は多美子の予想通り繁盛し、里香は何度も飲み物を作っては部屋に運んだ。レトルトの焼きそばやスパゲティも何度も温めた。

夜中の十二時を回ったころ、〝おぎの〟は満室となった。

「さあ、これでようやく一息つける」

多美子がキッチンに入ってきた。

「フロントに椅子あるから、一緒にコーヒーでも飲もう」と、棚から従業員用らしきインスタントコーヒーの瓶を出し、

「眠っちゃいけないから、濃いめにね」

瓶からカップに直接コーヒーの粉を振り入れ、二人分のコーヒーを淹れてフロントに移動する。

しばらく言葉を交わさず二人でコーヒーを啜った。そして里香が口を開いた。

「保母さんね、私も、悪い人じゃないって今日思った」

「そう、良かった」

「多美ちゃんのことも褒めてたよ」

「里香ちゃんのことだって褒めてたよ。保母さんが〝あれ、鬼瓦って〟って首を捻《ひね》ってたから、お宅で家政婦としてお世話になってるのは私の姉です、って教えたんだけど」

「――」

なんと褒めてくれたか、もう里香にはわかる。

「でもさ、率直すぎるっていうか、やっぱり口が悪いから、食事中何度もイラッときたよ」

まったく苛ついてない顔で多美子が言う。

そこで、入り口の自動ドアが開いたことを知らせるチャイムが鳴った。

「あれ？　満室のサイン出してるのに」

二人揃ってエントランスを映す画面を見上げると、年配の女性が一人で入ってきた。

「なあんだ、荻野さんだよ」

二人で安堵《あんど》のため息をついていると、フロントの小窓から荻野のおばさんが顔を覗かせた。

「ただいま帰りました。多美ちゃん、朝からずーっと働かせちゃって悪いね。あらっ、里香ちゃんも来てくれてるんだ」

満面の笑みになり、従業員口からフロントに入ってくる。

「おばさん、病院に泊まらなくていいの？」

「おじさんの脚、折れてるって?」

姉妹が立て続けに尋ねると、おばさんは片手を振って、

「大騒ぎするからてっきり骨折だと思ったんだけど、どうやら捻挫らしいのよ。でもいい年だし、念のため一晩だけ入院することにしたんだけど、私まで居る必要ないからね。捻挫じゃね」

里香も多美子もほっとした。

「良かった、大怪我じゃなくて」

「まあね、捻挫ぐらいだったら、フロントで座ってるぶんには支障ないからね」

おばさんはやたらと捻挫ということを強調する。そして、まあでも私も安心した、と欠伸《あくび》しながら言い、涙のにじんだ目で里香をしげしげと見た。

「里香ちゃんは久しぶりね。もう一年ぐらい会ってなかったかな」

「すいません、ご無沙汰してます」

「まだ三十前? 里香ちゃんはいつまでも若いねえ。童顔は多美ちゃんもだけど、背が高いから多美ちゃんのほうが上に見えるかもね」姉妹の顔を交互に見る。

そこで多美子が、

「おばさん、さっきね、私の指のこと、私に直接訊いてきたのはおばさんを含めて二人しか居ない、って話を里香ちゃんにしてたんだよ」

と出しぬけに言う。おばさんは一瞬きょとんとしたあと、きまり悪そうな顔をし、

「デリカシーがなかったかしら。でも、小さい頃から知ってて、肉親みたいに思ってるから、つい何でも知りたくなっちゃって……」

「いや、責めてるんじゃなくて、率直に質問してくれて嬉しかったよ。もちろん誰に訊かれてもいいってわけじゃないけど」

多美子はいったん里香に目をやり、またおばさんのほうを向いて、

「おばさん。里香ちゃんはね、私の指のこと、質問もしないし、何も言ってこないの。それはそれで、里香ちゃんが何も言わないのも、おばさんが直接訊いてくるのも、どっちも嬉しいんだよ。私は二人とも信頼してるからね。私のことを好いてくれてるからそうしてるんだって、わかるの」

おばさんは目を丸くする。

「へえ、ずっと同じ家にいて、里香ちゃんは、何も言わないんだ。でも、お父さんかお母さんからは聞いてたんでしょう？」

「いえ……」

里香が口ごもると、多美子が、

「それが、親からも何にも聞いてなくて、窓に指挟んだってこと、さっき初めて教えたの」

と答えてくれた。

「へえ、じゃあ、三十年近くずっとわけを知らないまま過ごしてたんだ」

おばさんは顔を突き出すようにして驚いてみせたあと、

「なんていうか、里香ちゃんも、凄いところがあるね――」

と、感じいったように、言った。

多美子もそれに頷き、

「そう、里香ちゃんは、凄いところがある」

とおばさんの言葉を繰り返した。

おばさんは、今晩は自分がフロントにいるから二人とも帰っていい、と言ったが、姉妹はおばさんに休んでもらいたがった。

「病院ってただ行くだけでも疲れるんだよ」

「私たちは今コーヒー飲んだばっかりで、しばらく眠れないから」

と口々に言い、「おぎの」の裏手にある荻野宅におばさんを押しこんだ。

「里香ちゃんも、そこの長椅子しかないけど、仮眠とって」

多美子が長椅子に毛布を敷いてくれたが、里香は寝つかれそうになかったのでキッチンに戻った。

キッチンは掃除が行き届いているが、電子レンジの内部だけ少しべたついていたので掃除することにした。薄めた洗剤でひととおり擦《こす》ったあと、お湯で絞ったふきんで拭きあげた。綺麗になったところを指で撫でたら達成感があって、シンク、蛇口、ガス台と磨いていった。もともと清潔だったところが、さらに光を強くしたようだった。

明け方少しだけうとうとし、客がチェックアウトしに来たところで目覚め、そのうちに一寝入りしたおばさんがやって来た。もう二人とも帰って眠ってくれと言う。

土日は多美子と里香が交代でちょっとずつ顔を出すことにし、姉妹はいったん家に帰ることにした。

昨日のまま洗っていない顔に、朝のひやっとした空気はいかにも気持ち良かった。

「それにしてもおじさん、捻挫で済んで良かったね」

「ほんと。まだまだおじさんには頑張ってもらいたいし」

などと言いつつ、里香は欠伸が出てしまう。

多美子は、そう言えば、と前置きし、

「荻野さんはね、いつか私に〝おぎの〟の経営を任せてくれるらしいよ」

と、にんまり微笑む。

「へえ、多美ちゃん、〝おぎの〟の後継者なの」

里香はわざと大仰な言葉を使う。

「おじさん達が生活できるだけの家賃で、〝おぎの〟まるごと私に貸してくれるんだって。ふふ」

「へ――、多美ちゃんはどういう経営するの？　創業者の経営方針を受け継ぐ？　それとも独自路線を追求か」

「どうしようかね。里香ちゃんにも経営陣に加わってもらって、それで二人の特技生かして、美味しい食べ物を売りにするとかね」

「お、割烹《かっぽう》旅館ならぬ割烹ラブホテル？」

「名前も、割烹っぽくして、〝おぎの〟から〝おぎのや〟に改名」

「それじゃあ、釜飯屋になっちゃうよ」

口を開けて笑う多美子の後ろから風が吹いて、一度も長くしたことのない髪を梳《と》かすかのように揺らし、次いで里香の頬を撫でて去っていった。

今日は始まったばかりだけど、これから二人で眠るのだなあと、里香はぼうっとした頭で思った。

駐車場のねこ

六時近くなると人通りも少なくなり、店はシャッターを降ろしはじめる。いちばん早いのが魚屋と貝屋で、次いで豆腐屋。売っているものの足の早さと閉店時刻は、だいたい正比例している。

民子《たみこ》は、布団屋の店先に積んだタオルや座布団をゆっくりと片づけはじめる。すると正面のふぐ料理屋の自動ドアが開き、住み込みの料理人がのれんを出す。周辺の店と入れ違いに、お向かいはこれから開店するのだ。

挨拶するタイミングを測って民子が料理人を見ていると、あちらも気づいて、のれんの下に頭をもぐらせるように会釈《えしやく》する。背が高くて、仏頂面《ぶつちようづら》の男である。まぶたを埋めつくすくらい眉毛が太く、漫画の主人公の殺し屋に似ている、と隣の弁当屋のお嫁さんが言っていた。

料理人はいったん引っ込んで品書きの立て看板を運び出す。もう民子のほうには目をやらず、看板が倒れないか手で揺らしてたしかめたのち、さっさと店に入っていった。

「ケロちゃん」

ふぐ屋の隣のコインパーキングでは、民子がケロと名づけた猫が、精算機の下の隙間に丸まっていた。ケロの被毛はほとんど真っ白だが、片耳とアゴの下にだけ黒いぶちがあって、顔の丸さと相まってなんとなく間が抜けて愛らしい。地域猫のなかで民子いちばんのお気に入りだ。

（おいでおいで）

声は出さず口を大げさに動かすと、ケロは精算機の下から這い出てこちら側にやってきた。民子が小さく舌を鳴らして自分の店の脇に誘導すると、ケロの後からもう一匹ついてくる。

「おや、ツキちゃんもいたの」

ケロとは逆に、胸元にだけ白毛が混じった黒猫だ。夫の治郎《じろう》が「ツキノワグマみたいな毛ェしやがって」と言うので、ツキと名づけた。

店先のワゴンの下にカリカリの袋とお皿が置いてある。民子は二枚の小皿にカリカリを等分に載せ、猫たちに差し出す。ケロもツキもすぐに屈みこんで食べはじめる。ケロはなぜか一粒ずつ皿の外に出してから食べる。ケロはカリカリを歯で砕くが、ツキは丸呑みする。二匹ともイヤーカットが施《ほどこ》されているから、去勢は済んでいる。

別皿にお水を汲んできてやると、二匹ともカリカリを平らげたあと飲んだ。お皿をざっと洗ってワゴンの下にしまうと、コインパーキングに別の猫が来ている。キーちゃんだ。「猿みたいにすばしっこいヤカラ」と治郎が評した。夫はなぜか猫をべつの動物に例えたがる。目が離れ気味で「蛙みてえな間抜けなツラしてやがる」からケロちゃん。江戸っ子の治郎は言葉遣いがいちいちぞんざいだが、猫そのものは嫌いでないらしい。自ら可愛がったりはしないが、民子が面倒を見ているぶんにはなにも言わない。民子はキーちゃんにもカリカリを出した。

商店街のみならず、街ぜんたいに地域猫が多く、週末になると若いひとたちが本格的なカメラを首から下げてやってくる。そういう若者が商店街で買い食いしたりするので、住人は猫を丁重に扱っている。食糧が足りているせいか、猫たちも魚屋で悪さを働いたりはしない。

ふぐ屋の隣、以前せんべい屋だったところが店を閉じて更地《さらち》になり、一昨年あたりからコインパーキングになった。停められるのは一台きりだが、わりと重宝《ちょうほう》されてどこかしらの車が長時間停まっている。雨の日には車の下で猫が休んでいる。

ふぐ屋の自動ドアがふたたび開き、すぐ内側を女店主が通り過ぎるのが民子の目に入った。近くを通ったので開いただけらしく、ドアはすぐに閉じた。

店頭の壁にはめ込まれた水槽のふぐを眺めながら、民子は先刻の料理人の顔を思い返す。

終始無表情のようだが、民子を認めたとき、ほんの一瞬眉を曇らせた。顰《しか》めたわけではないが、ほんの少し、忌々《いまいま》しい、という感情を眉に滲ませる。

あの料理人がふぐ屋で働きはじめたのは数カ月前のことだ。二十年前にふぐ屋が開店したときから居たひとで、はじめから枯れきっていたせいかその後はあまり老けなかったが、しかしこのひとの捌《さば》いたふぐはあまり食べたくないと思う程度に古びてはいた。女店主の親族なのかと思ったが、父娘ほどには年が離れておらず、かと言って夫婦にも見えない。噂では単なる従業員だということだった。

それがついに引退したのか、新たに入ってきたのが背の高い四十がらみの男だった。ずいぶん無愛想で、近隣の店主たちと目が合っても挨拶もしない。それどころか、コインパーキングでケロとツキにカリカリを食べさせていた民子に、

「困るんだよ、店の横でそんなことやられちゃ」

と怒鳴るように言ってきた。それが民子が初めて聞いた料理人の声だった。

あまりに大きな声だったので、ケロは食事途中で逃げてしまった。店から治郎も出てきた。治郎は珍しく慌てていて、途中でサンダルの片足が脱げて前方に飛んだ。それをまた履き直して、

「なんだ、どうしたんだ」

「あの、ケロちゃんたちにご飯あげてたら、このひとが」

「困るんだ。こっちは飲食店なのに、横でそんなことされちゃあ」

「こっちは飲食店ったって、この商店街、昔っから肉屋も魚屋もあるけど、どこも猫には困っちゃいねえよ」料理人に比べると治郎はだいぶ年寄りだが、背の高さでは負けていない。口調の乱暴さでもだ。

「だったらあんたの店の前でエサやったらどうなんだ」

「――ふだんっからここが猫の溜まり場なんだよ。だいたいこの駐車場、あんたんとこの土地じゃねえだろうが」

「あんたの土地でもないだろう」

「そうだけど、他の奴らだってここで餌やってるし、地主だって認めてることなんだ。こんちきしょうめ、若造が」

ふたりはそこでしばらく睨み合ってから、無言でそれぞれの店に戻っていった。それ以来、顔見知りになったのでいちおう会釈はするようになったが、会話はしていない。念のためふぐ屋が忙しそうな時間帯以外は、自分の店の脇に猫を呼ぶようにしている。

会話していないといえば、ふぐ屋の女店主とも、二十年もお向かいさんなのに言葉を交わしたことがない。

開店したころは中年女だったが、いまは六十前後――つまり、民子より一回りぐらい年若だろう。小柄な女だが、きついパーマのような縮れ毛を長く伸ばして、大きな頭をしている。

さほど大きくもない商店街の中の店なので、ふぐ料理屋といっても「ふぐも出す居酒屋」といった程度の気楽な店である。

酔客が帰るとき、女店主は外まで見送りに出ているが、大きい頭をまとめもせず、生地の薄い洋服を着ていて、ふぐ屋の女将《おかみ》というよりスナックのママのように見える。いつも目を細め、口角を耳のほうまで引いたどぎつい笑い顔で、民子はこの女店主の笑う以外の表情を見たことがない。朝などは店の前を箒《ほうき》で掃いているが、そのときも笑っていて、通学の小学生が駆け抜けていくのを満面の笑みで見送ったりしている。民子と目が合うと笑い顔のまま会釈し、ついでにそのままうつむいてちりとりにゴミを集め、店の中に消えてしまう。

「なんか喋《しゃべ》ってたけど、ごにょごにょしてよく聞き取れなかったなァ」

というのは十年以上前、商店街の寄り合いから帰ってきた治郎に、ふぐ屋の女将さんってどんなふうに喋るの？　と尋ねてみたときの返答である。女店主に関心がなさそうな治郎のそっけない口ぶりに、当時の民子は胸をなでおろしたものだ。

同性の目から見ると、気になる女なのだ。あの大きな頭も。貼りついたような笑顔も。薄い洋服も。あと、地域に溶け込もうとしない様子も。

店の二階に、料理人と住んでいる。そこもなんだか乱れた匂いがする。もちろん部屋は分かれていて、料理人の部屋らしき左の窓は滅多に開かず、逆に女主人の部屋らしき右の窓は、清潔さを公言するように季節を問わず全開になっている。冷暖房のたぐいは使っていないらしい。

冬でも薄いセーター一枚きりで、夏場は布の少ない小さな肌着のような服をかろうじて引っかけている。そんな格好で窓から身を乗り出して洗濯物を干したりするので、正面にいる民子からは女主人の乳がほとんどすべて見えてしまう。痩身のわりにたっぷりした乳袋がだらりとぶら下がっているのが目に入ると、民子は思わず顔を逸《そ》らす。しかし隣の弁当屋のお嫁さんは、「アレ、ふしぎとバストトップだけは絶対に見えないんですよ。それでかえって見ちゃうんですよねえー、チラリズムってやつですかね」と、あっけらかんとした調子で言っている。

治郎は家の二階の窓から外を見たりしないだろうし、ふぐ屋のことを話題にすることもふだんほとんどない。

キーちゃんにも水まで飲ませ、民子は皿を片付けようとしゃがんで、立ち上がったとき腰に電気が走った。

布団ばかりでは商売にならなくなってから、タオルや肌着を含めた布物全般を扱うようになっている。手にするのは軽いものばかりなのに、民子は若いころから腰痛に悩まされ、だましだまし鎮痛剤とコルセットだけで今まで何とかしのいできた。しかし最近は脚まで痺《しび》れるようになり、歩くのにも難儀している。

腰をさすりながら片足を引きずって店の奥に行くと、おい、無理すんじゃねえ、と治郎が声をかけてきた。

「伊賀谷《いがや》さんの旦那様は、ハンサムですねえ」

ナースの間でも話題です、と民子の孫といってもおかしくない年頃の看護師が、ふくよかな頬をゆるませて言う。そんなことを気軽に口にできるのは、治郎も民子も充分に年寄りだからだろう。

足の痺れがいよいよひどくなり、民子はかねてからの医者の勧めに従い手術に踏み切った。腰椎をホチキスのような金属で固定する、大掛かりな手術である。麻酔から醒めたときの痛みはすさまじく、まる二日間ほとんど動けず唸って過ごしたので、個室をふんぱつして正解だった。昨日あたりからようやく歩けるようになってきたところである。

看護師は検温の結果を書き込みながら、「あんな旦那様いたら自慢ですよね。早く退院して、外で旦那様を存分に見せびらかしてくださいね」などとも言う。最後取り繕うように、ほんとうにお似合いのご夫婦、とつけ加えて部屋を出ていった。

民子の入院中、治郎は店を週休三日にし、休みの日は朝から晩まで病室にいてくれる。

ふだんは妻を労《ねぎら》うことなどないが、腰痛に関してだけは昔から気にかけてくれていた。

今日も治郎は朝から病院に詰めている。売店に行ったついでに一服してきたのか、煙たい匂いをまとって戻ってきた。民子は先刻の看護師さんの言葉を伝えようと思ったが、無反応が想像できたのでやめた。

たしかに、治郎は役者のような美男子である。背も高いし、いまでこそ年をとって輪郭はたるんでいるが、見合いで会ったころの治郎は若侍のように精悍《せいかん》で、引き締まった美丈夫だった。

一目惚れだった。民子自身は美人ではないが、美意識は高い。それゆえおのれの平凡な容姿を引け目に感じはしたが、治郎は見合い相手の見た目に頓着していないらしく、あっさり結婚できた。

いっしょに生活しはじめると、治郎の言葉遣いが実にきついことがわかった。口調がいわゆるべらんめえ調だし、オブラートに包んだ物言いをしない。料理が美味しくなければ「うまくねえな」と言い、民子が店でもたついていれば「のろまだな」と言う。整った顔からきつい言葉が飛び出すたび若い民子はおびえていたが、じきに慣れた。

でも、顔はいつまでも見慣れなかった。いまも民子は、ベッド脇の冷蔵庫に牛乳パックをしまう治郎の横顔をじっと見てしまう。

治郎自身はおのれの容貌に関心がない。だから、髪型も服装も適当だ。還暦を過ぎたころから頭の天辺《てっぺん》が禿《は》げてきて、いわゆる一・九分けにして頭頂を覆うようになった。これは民子の美意識にそぐわず、いっそ潔《いさぎよ》く禿げを晒《さら》してほしいと思ったが、本人は防寒および頭部の保護のために必要だと言い張る。

そのころ、テレビに治郎と同じ髪型の漫才師が出ていて、民子は揶揄《やゆ》する気持ちで、あら、あなたとそっくり、と隣の部屋の治郎に声をかけた。治郎が「なんだ」とやって来たとき、画面のなかの男は相方からふっと息を吹きかけられ、少ない頭髪が乱れ散って頭頂が露《あら》わになった。民子は気まずくなって慌ててリモコンを探したが、治郎は「なんだこりゃ」と言って快活に笑い、その後も同じ髪型を続けている。以来民子も、一・九分けを受け容れるようになった。

さっきの看護師は、「自慢の旦那さん」「見せびらかして」などと言ったが、民子は他人の評価などどうでもいい。民子の幸福は他人の目の中にはなく、素敵な旦那様、と羨んでほしいなどとも思っていない。笑っているとき、怒っているとき、ぼーっとしているとき、髪型がどうだろうと治郎はいつもハンサムで、民子は見るたびに、ああハンサムだなあ、と思う。そう実感するたび幸せだった。

「そういや」

窓辺のパイプ椅子に座り、外を向いたまま治郎が話し始めた。

「奥さんいなくて大変だろうからって、ふぐ屋が猫の餌やりだしたよ」

治郎の話はそこで終わり、電線に止まる鳩を端整な横顔で見つめている。

「……へえ？」

「餌って、どこで？」

「ああ？　あの、パーキングだ」

「あの、職人さんが？」

「んなの、アイツがやるわけねえよ。店主のほうだ」

ふーん、と民子はひとりごちる。ということは、奥さんがいなくて大変だろうから、と言ったのはあの女店主なのか。

治郎が薄く窓を開け、風がわずかに民子の顔に届く。気持ちよくて眠りかけると、まな裏に女店主の笑い顔が浮かぶ。

女店主の姿は、絵画か写真のようにしか思い描けない。二十年来のご近所さんで、しかも商売も生活も向かい合って営《いとな》んでいるのに、たしかに居る、という感じがしない。

民子が布団屋に嫁いだのは半世紀近く前で、そのころすでに八百屋も魚屋もあって、皆いまも営業を続けている。二十年というのは商店街の中ではけして長い歳月ではない。ふぐ屋も民子の感覚では新参者だ。しかし、まともに言葉を交わしたことがないまま時を過ごしたことは、先住者として怠慢だったような気もする。

「――ふぐ屋さん、一日に何回餌あげてくれてるのかしら」

「そこまで知らねえよ」

「ケロちゃんやツキちゃんは、だいたい朝夕両方来るのよ。二回あげてくれてるのかしら」

「あげてんじゃねえのか？　今朝も店開けるとき駐車場に空っぽの皿が置いてあったし」

「ふーん、そう」

民子は窓の外を見やるが、空と電線しか見えない。腰のことではずっと近所のクリニックに行っていたが、手術のために紹介されたのは山手の住宅地にあるこの病院である。敷地が広くて、周囲の喧騒もない。同じ都内なのに、ずいぶん遠くに来たという感じがする。

「――ふぐ屋さん、どんなご飯あげてるのかしら」

治郎は民子をちらと見るが、返事はしない。

「あなた、見てみてくださいよ」

「餌をか？」

「うちはいつもカリカリあげてるでしょう。あれが栄養面ではいちばんいいのよ。かりかり嚙むから歯にもいいだろうし」

「――そんなの、お前が入院してる間くらい、何食ってたっていいじゃねえか」

「お願い、見てみてよ。ほんとはあなたがカリカリあげてくれればいちばんいいんだけど」

治郎は舌打ちして帰っていったが、一日置いて病院にやって来たとき、ちゃんと報告してくれた。

「魚みたいな餌だよ」

「魚って？　どんな？」

「だから、ほぐした身みたいなやつだ」

「缶詰？」

「さあな。まさかフグってことはないだろうけどよ」

「…………」

「あまり見ねえトラ猫が途中まで食ってって、気づいたらカラになってたよ」

「ケロちゃんやツキちゃんは来てる？」

「見かけねえけど、餌なくなってるんだから来てるんだろうよ」

その晩、民子はなかなか寝つけなかった。

あの料理人がふぐをわざと適当に捌き、毒まみれのそれを女店主がケロたちに食べさせている姿が繰り返し浮かんだ。そんなことするはずないと打ち消すが、一度思いついた映像はなかなか頭から離れない。民子は病室の天井を睨みながら、妄想の中で、ふぐ屋のふたりをもう恨みはじめているのだった。

まった。

次の日、医者から退院の日を告げられた。経過も順調なので、元々の予定より一日早

民子は治郎に知らせようと、夕食後家に電話をかけたが、治郎は出ない。閉店のころだから外でも片付けているだろうかと、三十分くらい置いてかけ直したが、やはり出ない。治郎は携帯電話を持っていない。八百屋の主人あたりと飲みに行っているのだろうか。それから何度か電話をしたが、連絡がつかない。明日治郎が来る日だから、直接伝えればいいだろうと、消灯時刻になったのをしおにあきらめた。

いつも治郎が来るあたりの朝方の時刻に、民子の携帯電話が鳴った。ふだん滅多に鳴らない携帯が鳴ったので、民子はベッドの上で小さく飛び上がった。

老眼鏡をかけて画面を見ると、隣の弁当屋の嫁からメールが来ている。急用でもあったときのために、入院前にアドレスを知らせておいたのだ。

民子は慣れぬ手つきでメールを開く。大量の文字が並んでいて一瞬たじろいだが、読み始めてすぐに息をのみ、食い入るように最後まで読んだ。

〈お加減はいかがですか？　治郎さん、きのう店先で急に吐いて、その後も止まらず、救急外来で点滴してきました。まだ熱はありますが、いまは気持ちよさそうに眠っています。飲み物・食べ物は用意してますのでご心配なく。明日病院に行く日なのに、って

ずいぶん気にしてました。だから今日はそちらに行かれないと思いますけど、また状況お知らせしますね〉

民子は蒼ざめた。治郎が寝つくことなど滅多にないのだ。吐いたということは、何かに当たったのだろうか。

猫の餌の心配ばかりして、迂闊《うかつ》にも治郎の食事のことは気にしていなかった。治郎は料理をほとんどしないが、民子だって得意なほうではない。隣は弁当屋だし総菜屋もいくつかあるのだから、適当に調達するだろうとしか考えていなかった。

そんな自分の怠慢が治郎を寝込ませてしまったようで、民子はおろおろと室内を歩き回った。治郎は週に三日も電車を乗り継いで病院に来てくれていたのに——。

すぐにでも弁当屋に電話したかったが、弁当屋はこれから忙しくなる時間である。気持ちよさそうに眠っているというから、家に電話をかけるわけにもいかない。

民子は〈ご心配なく〉という文面を何度も読んで気持ちを落ち着け、そして返事を打った。

面倒見てくださってありがとう、ごめんなさい、吐いた原因はわかりましたか。

それだけ打つのに小一時間かかった。

送信したあとは、いつ返信が来るかと気が気でなく、昼ごはんも携帯をトレイの脇に置いて画面をちらちら見ながら食べた。

夕食後、ようやく隣の弁当屋の嫁から返事がきた。

〈原因はよくわかりませんが、今日は菓子パンをいくつか食べたのでもう大丈夫でしょう。熱も下がったようです。奥さんの入院中ふぐ屋さんが食事の差し入れをしてたみたいですが、まさかそれが当たったわけではないと思います〉

民子はそのメールを何度も読み直した。

返事を打とうとしたが、最初の一言がどうしても思いつかない。

結局返信せぬまま、消灯時刻に電源を切った。

退院の日、治郎はふだん通りの顔色で現れ、痩せた様子もなかったので民子は胸をなで下ろした。

隣の弁当屋の嫁からメールをもらった翌日、民子は家に電話をかけた。ちゃんと治郎が出て、今日から店を開けていると告げた。嘔吐したときの症状について尋ねると、前触れもなく突然悪寒と吐き気に襲われたそうで、医者の見立てでは胃にくるタイプの風邪ということだった。

店の営業時間内なので民子はすぐに電話を切った。ふぐ屋から差し入れがあったことなどわざわざ話さないのが治郎の気性だろうし、熱と嘔吐の原因が風邪なのならば、それでよかった。なにより治郎の声が聞けたので力が抜けた。

退院手続きを終え、タクシーに乗り込む。すぐ車は首都高に入り、目線が高くなって民子は快適だった。そして気が大きくなったのか、治郎に尋ねたくなった。

「ふぐ屋さんから、ご飯の差し入れあったんですって？」

治郎はこちらを不思議そうに見る。そして話の出どころが隣の弁当屋とわかったのか、ああ、と低く唸ってから、

「一、二回な。急に予約のキャンセルがあったとかで、豆腐とかぬたとか、突き出しみてえなやつばっかり——」

「ふぐは？」

「ふぐ？　そんな気前いいわけねえだろ」

「……そうよね」

「ああ、でも、あの煮こごりみてえのはふぐだったのかな」

「………」

「そういや、ここ二、三んち、店閉めてるなあ、あそこ」

「えっ、ふぐ屋さん？」

「急な休みにしちゃ、貼り紙もねえしなあ。人影もないし」

幸い渋滞にも出遭わず、タクシーは下道に降りる。民子は、気懸《きがか》りだったことを恐る恐る尋ねてみた。

「いや、それが見ねえんだ。昨日キーはちらっと見たけど、ケロとツキは見ねえ」

「ケロちゃんたちは？　ちゃんと来てる？」

「――」

民子は窓のほうに顔を背《そむ》けた。

妄想が、まさか現実になったのでは――。

民子は家に着いたら、治郎への差し入れのお礼を言いにふぐ屋を訪ねるつもりだった。

不躾だろうがついでに、ケロたちになにをあげていたのかも訊いてみようと決めていた。

それなのに、留守なのでは気持ちの持って行き場がない。

民子はケロの丸い頭の感触を思い出し、街並みを眺めるふりをして潤んだ目を乾かした。

商店街の入り口でタクシーを降り、弁当屋を覗いた。お嫁さんの姿はなく、奥さんが店に立っている。幸いお客がいないので、民子はよちよち歩いてショーケースにへばりついた。

「あらまあ！　退院おめでとうございます」

「すみません、主人がお世話になってしまって」治郎にも改めて礼を言わせようと振り向いたが、治郎はもう家の中に入るところだった。

「世話ったって、嫁が医者に連れてってって、スポーツドリンクとか置いてっただけよ。ちょっといま嫁は出てるんだけど——あと、なんか、お向かいにもお世話になったらしいんだけど」

「ほんと、助かりました。——あと、なんか、お向かいにもお世話になったらしいんだ
けど」

「ああ、ふぐ屋さん？　それがね」奥さんは身を乗り出して言う。「なんか、店閉じたらしいわよ」

「えっ？　お休みじゃなくて？」

「そうよ。嫁がどっかで聞いてきた話なんだけどね、大家にはだいぶ前に賃貸の解約を申し出てたんだって。でも周りにはなんにも言わず、店の常連にも一言の挨拶もなしで、突然出てっちゃったらしいの」

「……じゃあ、もう会えないの？」

「そういうことになるわねえ」

「……じゃあ、猫は？」

「えっ？」

「あ、いえ……」

民子は、腰を捻《ひね》らないように気をつけながらふぐ屋の建物を振り仰ぐ。一階のシャッターは降り、二階は左右どちらの窓も閉まっている。

「もう次の店子《たなこ》も決まってるんだってよ。なんでも若いひとたちが大勢で喫茶店やるん

だって。工事も自分たちでやるらしいわ」

「ふぐ屋の——」

「喫茶店、開店したらちょこっと行ってみましょうよ。えっ、何か言った?」

「ふぐ屋の、水槽のふぐ、どうしたのかしら。全部捌いちゃったのかしら」

「えっ? やだ、変なこと気にするのね」

民子はふたたび奥さんに丁重に礼を言い、昼食用に鮭弁当をふたつ買って、家に帰った。

しかし、弁当は半分も食べられなかった。

翌朝、民子は外に出た。商店街の人通りの少ないうちに、リハビリがわりに散歩してみるつもりである。

歩き出してすぐ、民子は立ち止まった。

ふぐ屋のシャッターが開いている。自動ドアもだ。

民子はふらふらと店の前まで行き、店内を覗き込んだ。中には若い男が何人もいて、トンカチや荷物を持って立ち働いている。みな頭にタオルを巻き、引きずるようなだぶだぶのズボンを穿いている。

そういえば、喫茶店をやるひとたちが、自分たちで工事もやると弁当屋の奥さんが言っていた。

しばらく様子を見ていると、いちばん手前にいた、長い髪を後ろでタオルごと括《くく》っている小柄な男が、民子に気づいた。

民子は頭を下げ、「向かいの、布団屋のものです」と名乗る。

すると男は民子と同じように頭をぴょこりと下げ、跳ぶような足取りでこちらにやってきた。

「どーも、お世話になるっす」

二十代半ばくらいだろうか。若いひとたちと聞いてはいたが、思っていたよりさらに若い。

「あなたが責任者さん？」

「あはい。サーセン」

「えっ？　何？」

「あ、サーセン。作業の音うるさいすか？」

「あ、いえ、大丈夫よ」

「布団屋さんっていうと、ちょっと前入院してたひとっすか？」

「ええ、そうよ、よくご存知ね」

「あはい。契約で来たとき、弁当屋さんがそう言ってたんで」

「ああ、お弁当屋さんの奥さん？」

「お嫁さんのほうね。若い女のひとっす」

「あはい。ま、カフェっすね」

「ああ、いまはカフェっていうわね。ところで、ここ、喫茶店になるんですって？」

「あはい。あざす。俺たち昔みんな内装屋で働いてて、偉いのね、自分たちで工事して」

カフェやることになりました。ほんとはシェアハウスやりたかったんすけど、でもみんな朝弱くて続かなくて、

「シェア、ハウス？」

「あはい。でも工事無理そうなんでカフェにしました。元の店の厨房とか活かせるし」

「前はふぐ屋さんだったって知ってる？」

「あはい」

「デュークさん、店の壁紙ってこれでいいんすか？」

「え、どれどれ……ばか、ちげーよ。これは便所の壁紙」

「え、まじで。サーセン、じゃ、もっかい探してきます」

「あ、サーセン。えっと、何の話してましたっけ」

「ここがふぐ屋だったってこと。こうして見るとけっこう狭かったのねえ、お店」

「や、広いすよ。俺たちには充分す」

「あなた、外国のひとなの？」

「え？　あはい？」

「さっき、ディックさんとか……」

「ああ、はは、サーセン。デュークって呼んでくれってダチには言ってます。好きな漫画のキャラで」

「そう……。ところで、前のふぐ屋さん、どこ行ったかとか聞いてる？」

「は？　や、そういうのはぜんぜん聞いてないすね、サーセン」

「どうして閉店することになったのかも？」

「あはい。サーセン」

「デュークさん、壁紙これっすか？」

「どれどれ……。これはプチプチじゃねえかよバカヤロー。――あ、サーセン」

「いえ。ごめんなさいね、お邪魔して」

「いえ、あざす。サーセン」

民子がふぐ屋を離れようとすると、男もいったん店の奥に戻りかけたが、

「あ、サーセン！」

と民子を呼び止めた。はい？　と民子が戻ると、

「あの、隣のコインパーキングにいる猫って、餌やっちゃまずいっすか？」

「あ……、いいえ。大丈夫よ。うちもあげてるし」

「じゃあ、キャットフードとかやっていいすかね。猫好きのやついるんで」

「ええ、助かるわ。ところで、あなたが見た猫って、どんな猫？」

「どんなって……、白いのと黒いの、二匹っす」

「えっ」

民子は急いでコインパーキングを覗いた。するとまさに、ケロとツキがちょこんと座っていた。

「ケロちゃん、ツキちゃん」

民子が声を掛けると、新聞をとりに出てきた治郎が寄ってきた。

「お、お前ら、久しぶりじゃねえか」

治郎が大声を出したので、ケロとツキは玉袋を揺らしながらふぐ屋の裏手に逃げ込んでしまった。

なんだよ、と治郎はぶつくさ言うが、ケロたちが姿を見せなかったのは治郎が苦手だからかもしれない、と思うと民子は可笑《おか》しくなった。

治郎が「向かいのやつと、なんか話したのか？」と訊いてくる。

民子は「ええ、なんだかよくわからなかったけど――」と笑いをこらえ、「悪いひとたちじゃないみたい」と言い置いて、散歩に出た。

米屋の母娘《ははこ》

　自分の昼飯を買ってくればよかった、と益郎《ますろう》が気づいたのは、駅前から続く商店街を抜けたときだった。しまった、弁当屋もコンビニもいくらでもあったのに、と来た道を振り返るが、母の住むマンションはもう見えていて、いまさら戻るのも面倒くさい。

　今日、益郎は手ぶらで来ていた。時刻は昼の一時を回っており、母はもう宅配の昼飯を食べ終えたころだろう。

　あたりを見回すと住宅ばかりだが、そのなかに一軒だけ、米屋の看板が見える。マンションのちょうど正面だ。先週来たときは気づかなかった。

　近づいて見ると、米屋というよりは菓子や食材、酒まで売っている食料品店のようだった。店先には錆《さび》の浮いたワゴンが置かれ、弁当三百八十円、という紙が垂《た》らしてある。

　安い、とつぶやいて、益郎は弁当を手に取った。

　おかずの少なさは値段なりだが、白飯がつやつやして美味しそうに見えた。梅干しの赤が米に染み、いかにも着色していそうな大根の桜漬けが散らしてある。

店内のレジに持って行くと、愛想のない太めのおばさんが応対する。このひとが弁当を作っているのだろうか。

持ち重りのしない弁当を手に益郎はマンションに入り、「六階だったよな」と声に出してたしかめ、エレベーターに乗った。

だいたいの到着時刻は伝えていたので、玄関の鍵は開いていた。来たよ、と声を掛けてから室内に入っていくと、母が居間にしている和室から、ずっと愛飲している健康茶の香ばしい匂いが漂《ただよ》っていた。食後のお茶をすすっていたところらしく、益郎がちゃぶ台に買ってきた弁当を置くと、傍《かたわ》らに据えてあるポットの湯でお茶を淹《い》れてくれる。

「その弁当、商店街で買ってきたの？」

「いや、目の前の、米屋で」

「へえ、そんなの売ってんだ」蓋をとったところを覗き込む。「足りんの？　そんなんで」

「いいんだよ、最近すぐ太るから。安かったし」

そうは言ってみたものの、蓋を外して見るとたしかに量が少ない。一口大のコロッケが三個、レタスの切れ端が一枚、あとは白っぽい和《あ》え物のようなものだけである。母はもう興味を失ったらしく、テレビに見入っている。

まずはコロッケを齧《かじ》る。

くしゃっ、という歯ごたえだった。箸《はし》にとった時点で軽いな、とは思ったが、じゃがいもが入っている感じがしない。偏っているのだろうかと残りを口に放り込むが、やはり衣の食感しかない。

二つ目を齧って中を見ると、完全に空洞だった。

「中身がないなあ」

益郎がぼそりと呟《つぶや》くと、母はコロッケをちらと見て「爆発させちゃったのね」と言い、テレビに戻る。

むかし母がコロッケを作ったとき、「爆発しちゃった」と言うのを何度か耳にしたことがある。爆発した母のコロッケはたしかに中身が少なかったが、これほどスカスカではなかった気がする。

結局三個目も空洞だった。衣だけの丸い揚げ物をいったいどうやって作るのか、料理をしない益郎には見当もつかない。

しかし見た目通り白飯は美味しかったし、つけ合わせの春雨《はるさめ》やきくらげを混ぜた惣菜もいい味だった。三百八十円では、揚げ物の中身がなくても文句は言えまい。

台所のごみ箱に弁当容器を捨てに行った。

ごみ箱の一番上には、空の弁当容器が捨ててあった。母が律儀《りちぎ》に洗ってからごみ箱に入れたらしく、まだ水滴が残っている。慌てて自分の容器も流しで水洗いした。

そうか、配食サービスって、弁当なんだ。

先週訪ねた際、益郎は太巻きや焼き餃子《ぎょうざ》を持参した。母が足を捻《ひね》ったのだが治りが悪く、日常生活に不便をしていると電話でこぼしていたからだ。しかし母は、

「昼と夜に食事が届くから」

と、どれにも手をつけようとしなかった。同じマンションに住む友人たちが手配している、高齢者向けの配食サービスを頼むことにしたという。もともと口がきれいで間食をしないたちなので、太巻きひとつだけでも、と勧めても食べようとせず、結局全部益郎が平らげたのだった。

益郎は、黒地に赤とんぼが飛んでいる弁当容器から目を逸《そ》らした。宅配といえど、なんとなく、給食みたいにトレイに食事が載っているものと思い込んでいた。

高齢者向けの配食、という点にも違和感がある。母は七十の手前で、見た目にもまだ高齢者という感じはしない。

それに、あの母が、どこかの他人が作ったものを毎日――

母は昔から食べる物にこだわりがあり、買い出しは近くの大手スーパーじゃなく隣町の自然食品店までわざわざ出向いていた。ご飯も酵素玄米とか、米を洗わずに豆や海藻などの乾物類と炊くナントカ式とかいう炊き込みご飯をよく食卓に出していた。益郎はたまに出るただの白飯のほうがよほど好きだったが、いま自分の身体が丈夫なのは、あ

の頃の母の食事のおかげかもしれないと思うこともある。

戻って益郎もテレビを眺める。母は、「莉々子《りりこ》から写真が来た」とうれしそうにスマートフォンを見せてくる。

莉々子というのは兄夫婦の長女だ。兄は自動車メーカーの技術者で、ずっと静岡県内に住んでいる。莉々子は小さいころからバレエを習い、発表会があったりすると写真がメールで送られてくる。母はそれを受信するために携帯を簡単タイプのスマートフォンに買い替えた。

写真を見ると、バレエではなく中学の制服姿の莉々子だった。骨太の兄に似たのか、いつの間にかずいぶんいかつい体格になっている。もうバレエは辞めたのだろうか。

「典子《のりこ》たちも、今年は帰ってくる年よねえ」

典子は益郎の妹である。夫の仕事の都合でアメリカのオハイオ州という平坦なところに住んでいる。二年に一度、会社もちでビジネスクラスを利用して帰省できるらしいのだが、前に帰国したときからそろそろ二年が経つ。

兄と妹関連の話が終わると、母はまたテレビを見始めた。

四十過ぎて独り者の益郎に報告するようなことなどなく、母もなにも訊いてこない。

益郎はいつの間にかうたた寝をしていた。母に起こされ、指示されるままコードレスの掃除機を家中にかけ、明日出すごみを袋にまとめる。

やることがなくなったので、もう帰って大丈夫？　と声をかけると、母はご苦労様、来週も来てくれると助かる、と言いながら、足を引きずって内鍵を掛けにきた。

マンションのエントランスで、益郎は集合郵便受けの存在に気づく。着いたときに見ておけばよかった、と悔やみつつ「内野《うちの》」と筆ペンで書かれた母の郵便受けを覗いたが、チラシしか入っていないようなのでそのまま帰ることにする。

エントランスのガラス戸を開けると、米屋の前では、若い女がワゴンを片付けているところだった。

レジにいたおばさんとよく似た太めの体型なので、娘かもしれない。刺繍《ししゅう》の入った古着っぽい赤いブラウスを着ている。割に可愛い顔をしているので立ち止まって眺めていたら、こちらに気づいて睨み返してきた。

益郎は慌ててその場を去った。

翌週末、ちょっと会社に寄ったりしていたら遅くなって、母のマンションに着いたのは夕方近くだった。もう売っていないだろうと米屋の店先を見たら、弁当が二つだけ残っている。三百円に値引きされていて、昼飯を食べそこねていた益郎は嬉々として弁当を手に取り、そしてのけぞった。

先週よりもさらにおかずが少ない。豚の生姜《しょうが》焼きが一切れと、レタスが一枚、あとは春雨の和え物である。何年か前問題になったスカスカのおせち料理を思い出した。

自動ドア越しにレジのほうを見ると、先週の若い娘が立っている。目が合ったが、会釈するでもなく無表情で目を逸らす。

これではさすがに腹が満たされないだろうから、足りないぶんは飲み物で補おうと、益郎は弁当といっしょにカップのみそ汁と緑茶ハイをレジに持って行った。娘はだるそうに商品を受け取る。

近くで見ても、やはり可愛い顔をしている。肉厚で、はち切れそうな頰をしているから不機嫌なふくれっ面に見えるのかもしれない。ロック調の柄が入ったTシャツを着ているが、二の腕がはぜたように半袖がしぜんと巻き上がって、袖なしになっている。鱈《たら》子《こ》みたいにむっちりした指で乱暴にレジを叩き、益郎の掌《て》にけして触れないよう、お焼《しょう》香《こう》の抹香《まっこう》でも落とすような手つきで釣り銭を渡した。

益郎が家に着くと、母は二人分の健康茶を淹れる。そしてちゃぶ台に置かれた米屋の弁当に目をみはった。

「何これ、ダイエット弁当なの？」

「そんなんじゃないさ」

益郎はあらためて粗末なおかずの弁当を眺めて、頰をゆるませる。

あの無愛想な娘。無言で釣り銭を渡し、ありがとうございますとも言わなかった。

今日の弁当も、味は悪くない。量が少ないだけだ。どぎついピンク色の漬物がたくさん入っているから、おかずが少なくてもご飯は食べられる。

「そうそう。知子《ともこ》のところの子どもは、京大に入ったらしいよ」

お茶を飲みながら、母が益郎の従姉《いとこ》の知子の話をはじめた。

そう、知子がきっかけだったのかもしれない、と益郎は思う。

益郎は、女性にぞんざいに扱われると気分が高揚する。

はっきりと自覚したのは大人になってからだが、小さいころからそうだった。

むかしは正月になると、父の田舎に親戚一同が集った。大人たちは昼から酒盛りをし、子どもたちは広い庭で二手に分かれ、戦闘ごっこをした。

鈍臭《どんくさ》い益郎はすぐに捕らえられ、敵の陣地で捕虜となった。敵のトップは最年長である知子で、そのころすでに高校生だった知子は戦闘ごっこがかったるいらしく、捕虜の益郎をさも面倒臭そうに粗雑に扱った。

自分のマフラーやリボンで手足を縛ってそのへんに転がしたり、木にくくりつけたりした。益郎が騒ぐと背の高い知子は酷薄な顔で見下ろし、誰も見ていないすきに唾《つば》をひっかけてきたりした。

幼い益郎にとってそれは、心ときめく非日常だった。

思い返せば、自分が好きになった女はみなどこか知子に似ていた気がする。

タヌキ顔よりはキツネ顔。ぽっちゃりよりは痩せ型。しかし華奢よりは筋肉質。そして癒しよりも叱責。

　益郎が遠い目で窓の外の空を眺めていると、母がテレビを点《つ》け、大相撲中継が流れはじめた。

　土俵上で荒鷲《あらわし》が仕切っているところである。益郎は荒鷲をひいきにしているので、緑茶ハイをすすりながら身を乗り出した。荒鷲はいつも通りクールな表情で闘志をけっして露《あら》わにせず、落ち着いた所作で仕切りを重ねる。対戦相手と比べると体の厚みは半分しかない。

　女性の趣味と同様、力士も、アンコ型よりソップ型が好きだ。

　ふと、米屋の女たちは正反対だ、と思う。ぽっちゃり型は母性が強そうという思い込みを嘲笑《あざわら》うかのように、あの母娘は益郎に中身の少ない弁当を売り、そっけない接客をする。

　益郎は鼻歌を歌いながら空いた弁当容器を水洗いし、ごみ箱に捨てる。

　テレビの前に戻ると大関戦がはじまっていた。母は相撲を見ず、知子の話のつづきをはじめる。やがて話題は知子から兄、そしてアメリカの典子へと移り、口調はどんどん熱を帯びる。

　今日も母は益郎本人についてはなにも訊いてこないが、益郎にもとくに話すようなことはない。

「内野さん、頼まれてたファイル、キャビネに並べましたけど、もし見づらかったら言っていただけますか？　並べ直すので」

「あ、そこまでやってくれたんだ。どうもありがとう」

頼んだのはファイリングだけだが、益郎専用のキャビネットに項目別にちゃんとファイルが並べてある。半年前に入ったアシスタントだが、明るくて、気が利《き》く。

益郎は信販会社のシステム部で、社員向けのITサポートの仕事をしている。

父や兄と同じく、益郎も理系の学部を出た。父は造船、兄は自動車の技術者である。母は、ついでに典子の夫は電機メーカーの技術者としてアメリカの工場に赴任している。

理工学部を出た益郎がなぜカード会社にいるのか理解できないらしい。

益郎が席に座っていると、経理の長谷川《はせがわ》さんがやって来た。「内野さん、このタクシー代の精算ですけど」先週益郎が提出した経費精算の明細を見せる。

「行き先のところ、町名だけじゃなくて、具体的な名称も記入していただけますか？　会社名とか」

「あ、そうでしたっけ。すみません、以前は町名を入れ忘れて注意されたから、そっちに気をとられて」

「今、手書きで書いてもらっていいですか？　そうしたら今週末には返金できるんで」

「ああ、はいはい。すみません」

長谷川さんが差し出したペンで、益郎は外出先の社名を書き入れた。

長谷川さんがいなくなると、アシスタントが「よかったですね。優しいほうで」と、小声で話しかけてくる。

経費精算の書類に不備があると、経理のベテラン女性が直接戻しに来る。担当者は二人いて、一人は「怖いほう」の岩田《いわた》さん、もう一人が今の「優しいほう」の長谷川さんである。部長クラスでも、「怖いほう」「優しいほう」と呼び分けている。

益郎はアシスタントに向かって苦笑いして頷《うなず》くが、本音では、益郎は、怖い岩田さんのほうが好きだ。

目尻の上がった眼鏡をかけ、がっちりと背が高く、腰骨がバーンと張っている。男のようなスラックス姿で足音高く現れ、

「これ、町名書いてないと精算できないから」

と、精算書を机に叩きつける。そして、

「書いたらすぐ持ってきて」

と言い終えたときにはもう背中が遠くなっている。

こちらに勢いよく歩いてくる岩田さんが誤ってくずかごを蹴《け》り、それが益郎のほうに

吹っ飛んで足元に当たったことがあった。そのときはさすがに「あ、失敬」と謝罪していたが、それ以来益郎は岩田さんが気になっているのだ。

しかし、わざと精算書を間違えるようなことまではしていない。

週末、また母のマンションに向かう。時刻は昼過ぎだ。

米屋のいつものワゴンを見ると、弁当が少ししか残っていない。今日は売れ行きがいいらしい。

おかずの少なさを確かめようとして、益郎は目を疑った。

レタスと、例の春雨の和え物しかない。

いくら三百八十円とはいえ、これでいいのだろうか。というか、この内容でよくこれだけ売れたものだ。

さすがに買おうか迷ったが、この弁当もいつも通りの接客で売りつけるのだろうかと、たしかめたくなった。

益郎は弁当を手に店内に入った。しかしレジにひとがいない。

店内を見回しても、誰もいない。すいません、と声をかけてみる。

店の奥から娘が出てきた。ヒッピーが着るような、ツギハギのデニムのスカートを穿いている。億劫《おっくう》そうな身のこなしで、いらっしゃいませ、とも言わず、レジの前に立つ。

「さんびゃく……」

と言ったところで、手が止まった。

怪訝《けげん》な顔で、レタスと春雨しか入っていない弁当箱をじっと見ている。

怒りに耐えているかのように眉を歪《ゆが》ませ、頬を膨《ふく》らませている。口は軽く閉じているだけだろうが、唇が上下ともふっくらしているせいか、しっかり結ばれているように見える。

そしてその唇を開き、「おかーさーーん」と声を張り上げた。

ぼそぼそと接客する声しか聞いたことがなかったが、大声を出すと幼い感じがした。

もう一度おかあさーーんと呼んだところで、おばさんが出てきた。

「なによ」すでに不機嫌そうである。

「これ、おかず。入ってない」

「え？　まさか」

「ほら」

二人でレタスを見つめている。そして「他のも全部こうでしたか？」と益郎に尋ねてくる。

ええ、置いてあるやつはみんなこうです、と答えると、さっき追加したやつだ、とか何とか、二人でひそひそ囁《ささや》きあっている。

「ちょっとお待ちいただけますかあ?」

いつになく甲高《かんだか》い声でおばさんは言い置き、店の奥に消える。残された娘はそわそわした様子で、益郎と目が合うと気まずそうな笑みを浮かべる。

そして二、三分後、焼いた豚の薄切りを箸ではさんで、おばさんが戻ってきた。すいませんねえ、と腰をかがめて、弁当箱のふたを開けて豚肉をレタスの上に載せる。

「びっくりさせちゃったので、ちょっとサービス」

「――そうですね、いつもよりだいぶ多いですね」

「あらっ、ひょっとしてお得意さん? そうなのよ、最近原料高でねえ。でも値上げするのもナンだからねえ。ほほほ」

上機嫌な母娘に益郎は送り出された。

母の家のちゃぶ台でふたを取ると、焼きたての豚肉の匂いがふわっと上がった。母が覗き込み、

「今日のはたっぷり入ってるね」と言う。

「いつも少ししか食べないから、具合でも悪いのかと思ってたよ」

「オレが?」

「そうよ。お父さんだって食欲が落ちたと思ったら、すぐだったし」父が死んだときのことを思い出したのか、目を潤ませている。そして、

「親より先に死ぬのが一番の親不孝なんだからね」と言う。

何度も聞いたセリフだ。三人の子を前に、母はよくそう諭《さと》していた。茶の間でテレビドラマを見ていて子どもが死ぬ場面に遭うと、母は「こんな親不孝だけはしちゃいけない」と必ずかき口説《くど》いた。戦時下の子どもが赤痢で死んだり、年末の時代劇でお市《いち》の方の息子が秀吉《ひでよし》に殺されたりするたび、同じことをこんこんと諭した（さすがにお市の息子のときはピンとこなかったが）。兄貴が風邪をこじらせたときも同じことを言って泣いたし、益郎が自転車でトラックに正面衝突したときもそう言って怒っていた。

たしかに、益郎が先に死んだら母は悲しむだろう。

でも同時に、兄貴や典子が死んだときのほうがもっと悲しむだろう、と解ってもいる。それで構わないのだ。この先母が衰えたり何か起こったりしたとき、益郎はきっと、兄や妹よりも悲しまなくて済む。

弁当を食べ終え、腹がすっかりくちくなった。身体は重いが、いつも通り掃除機をざっとかけ、風呂も洗う。母が足を引きずって簡易モップをかけようとするのを制し、ひととおり床をなでる。腹が満たされたのに、なんとなく気分が冴えない。なんだろう、と考えながらごみ袋の口を閉じる。米屋の母娘のへりくだった笑顔が頭をよぎる。

手伝いを終え、大相撲中継を見るためにテレビを点けた。

思ったより取組が進んでいる。そうか、今日は千秋楽で表彰式があるから、進行がいつもより早いのだ。

「莉々子が」

母が話しかけてきた。また写真を見せてくるのかと思ったが、手には何も持っていない。

「バレエ辞めたんだって」

「そう」

「身体が大きくなりすぎちゃって、日本の男の子では持ち上げられるひとがいないんだって」

益郎はふっと、鼻息で笑う。

「兄貴がごついからな」

「あら、莉々子は母親似よ。でっかいもの、あのひと」

「………」

「そんで、中学の部活で薙刀《なぎなた》はじめたんだって」

「薙刀？　そりゃあいいな」

益郎はテレビ画面から目を離さずに返事する。荒鷲戦はもう終わっている。今場所は勝ち越したのだろうか。

　そのとき、大きなアラーム音が鳴り響いた。

　外からだ。益郎は母と目を見合わせる。町内放送でも始まるのかと黙っていたが、アラーム音はずっと鳴り続けている。

「どこ？」

「さあ」

　離れたところで鳴っているような気がするが、マンションの真下から聞こえるような気もする。益郎は、外廊下に出てみた。何人かの住人がすでに通路にいて、音の出どころを探るかのようにあたりを見回している。

「非常ベル、じゃないですよね？」

「非常ベルはこんな音じゃないだろう」リタイヤ後とおぼしき年配の男性が首をひねる。

「そうですよね。火の手が上がってる様子もないですし」

「まあ、ここの非常ベルがどんな音か聞いたことないけど」

「――」

　益郎は母のいる部屋に戻った。

「違うと思うけど、もしかしたら非常ベルかもしれない」

　ここは六階だ。念のため避難するに越したことはない。益郎はちゃぶ台の脇まで大股で進んで、「母さん、おんぶするから」としゃがみこんだ。

その背中に、母の蹴りが入った。

益郎が立ち上がって啞然としていると、母は「ぐずぐずしないの。早く」と言って、益郎の背を両手でどんどん押してくる。玄関まで押し、通路でも押し、ついに益郎を追い抜いて手をとって非常階段を駆け降りはじめた。益郎は階段を踏み外さないようにするのが精一杯だ。

一階のエレベーターホールには大勢の人が溜まっていた。アラーム音はかなり大きくなって、耳をふさぎたくなるほどだ。

人のかたまりの真ん中に、小柄な老婦人がいた。周りの人たちは老婦人の手元を覗き込んでいる。白髪をオールバックになでつけた男性が老婦人の手から何かを奪いとり、次の瞬間音はやんだ。

「とまった」

「とまったぞ」

人々は沸き上がり、老婦人は大きく息をついてから全方位に向かって頭を下げた。母よりはだいぶ年上だろうか、髪を紫に染め、きちんとした身なりをしている。

なんの音だったんですか、と益郎が訊くまでもなく、「防犯ブザーが」「防犯ブザーってのはすごい音がするもんだ」と、興奮まじりの声が人の輪の内から外へ伝わってきた。

さっきのオールバックの男性が、

「ここんところを押せば止まるのかと思ったら、こっちを差し込むんだよ」

と、ちょうど手に乗るサイズの卵形の防犯ブザーを周囲に見せている。声がよく通って、自治会長でもやっていそうな堂々たる押し出しである。

「鍵探してたら、間違って痴漢《ちかん》ブザー引いちゃって」老婦人はすまなそうに眉をゆがめて、ブザーを受けとった。

「ずいぶん大きい音だけど、いつごろ買ったやつ？　この防犯ブザー」

「はあ、もうずいぶん前で。痴漢ブザーが出始めたころですよ」

「こんな音が出るって知ってたの？」

「いいえ、痴漢ブザーがこんなに大きい音だなんて初めて知りましたよ。わたしもびっくりしちゃって」

老婦人が防犯ブザーとおぼしきその機器を繰り返し「痴漢ブザー」と呼ぶのを益郎はどこか愉快な気分で聞いていたが、母が肘をつついたので部屋に戻ることにした。

エレベーターの中で母は小声でしゃべり出した。

「今の人よ。配食サービスのこと教えてくれたの」

「ああ、知り合いなんだ」

「安くて美味しいって前から薦《すす》められてたんだけど、出来合いのものは気が進まなくてね。でも足捻って買い物にもなかなか行けないから、治るまで頼むことにしたの」

そこで益郎は母の足をあらためて眺めた。

「それにしても、すごいな。まさに火事場の馬鹿力だね」

急いだなかでちゃんと靴を履いた母の足を指差す。捻った足で、母はまったく普通に走っていたのだ。

母はエレベーターから降りてからもごく普通に歩き、気持ち速度を上げながら、「とっくに治ってんだけどね」と首をすくめた。

益郎が、え？ と訊き返すと、来週から来なくて大丈夫だからね、配食ももう終わりにするくらいだし、とバツが悪そうにそっぽを向いて言った。

益郎は大相撲中継が終わるまで見て、「じゃあ、帰るから」と腰を上げた。玄関を閉めるとき、「たまに様子見に来るから」と言ってはみたが、そんな気恥ずかしいことはできないだろうと確信していた。

もうしばらく来ることもないだろうから、米屋に寄って帰ることにした。駅までビールでも飲みながら歩こう。

店内では、母娘が両方とも店の片付けをしていた。「いらっしゃいませ」の言葉もなく、向かいのマンションの防犯ブザー騒動などまるで知らないかのように、気だるい空気が漂っている。

益郎が缶ビールをレジに置くと、娘のほうがやって来た。

さっきの今なので、益郎は目が合ったとき笑顔で会釈してみた。

するとは娘は不可解そうな顔をして目を逸らし、吐き捨てるように「二百十円」と言って、無言で釣り銭を益郎の掌に落とした。

一等賞

ユキがそば屋のアルバイトをしに商店街にやって来たときのことである。肉屋で食べ歩き用のコロッケを買い求める若い女性たちを、掠《かす》めるように男が通り過ぎていった。

「アラオ、見なかったですか？」

額から汗を噴き出させ、目を見開いて往来の誰にともなく訊ねている。

「アラオ、さっきまで家にいたんだけど」

肉屋の女性客は警戒の色をあらわにする。

素足にピンク色のクロックスを履き、時代遅れの綿入れを着こんだ、上背のある中年男である。男は客たちの視線など意に介さず、

「どこ行っちゃったかなあ、アラオ」

立ち止まってあたりを見回している。ユキはそば屋には入らず、男の姿を注視する。

「アラオちゃんなら、さっきそこの店でたこ焼き買ってたよ」

肉屋のおばさんが声をかけると、ああ、店のおばさんの知り合いなのか、と安心した

のか、客たちは備えつけのソースをコロッケにかけ始めた。

「え？　たこ？」

「そうよ、さっきそこでたこ焼き買ってたよ」

おばさんはす向かいのたこ焼き屋をアゴで指す。男がたこ焼き屋のほうに振り返ると、店の親父が、

「おお、アラオちゃん、さっきウチでたこ焼き食ってったよ」

と、笑って頷《うなず》く。

「それで？」

「あ？」

「たこ焼き食べてから、どこ行った？」

「ああ、あっちだよ」男が来た方向と反対を指差す。

「アラオっ」

「アラオちゃんなら、ウチに寄ってったよ」店先に立っていた乾物屋の奥さんが男を引き止める。

「ここに？　いつ？」

「さっきだよ。歯に青のりつけてね」

「それで？」

「店ん中ふらーっと一周回って、何も買わないで出て行っちまったよ」

　男はアラオの足取りをたどるように、乾物屋の狭い店内を一周回って、外に出る。

「そのあとはうちの店に来たぜ」下駄屋が手招きする。「ぞうりを試し履きして、裏返して値札見て、黙って行っちまったよ」

「お、アラオちゃんなら、ウチでメロン触ってったぜ」と、果物屋の兄さん。

「ウチでサイダー飲んでったよ」と、酒屋のおじさん。

「アラオが？　サイダー？」

「いや、アラオちゃん小さいから、まだサイダーは早いか。飲んだのはあれだ、りんごジュースだった」

「おいおい、そのあとはウチだ。おから持ってくか、って訊いたら、いらねえって、そのまま行っちまった」と豆腐屋。

　そのあと八百屋、魚屋、パン屋らの店主たちに声を掛けられ、男は商店街の終点までたどり着いた。そのままアラオを探して商店街の外に行きそうになるのを、

「アラオちゃんならここにも寄ったよ」

と、総菜屋のおばさんに呼び止められる。

　それから、往路で立ち寄った店も取り混ぜながら、男は「アラオちゃん、うちに来たぜ」の声に導かれ、肉屋のほうまで戻ってきた。

商店街の入り口、角っこにある化粧品屋の奥さんが店の外に出て、

「アラオちゃん、さっきまでウチの店にいたけど、おうち帰る、って出ていったわよ。だからもう今ごろはおうちにいるわよ」と声をかける。

化粧品屋の奥さんは男の母親といっていいくらいの年嵩《としかさ》だが、商店街随一の美人である。男は一瞬ぽーっと奥さんを見つめたあと、「アラオ」と呟《つぶや》いて、角を右に曲がった。

ユキは男のあとを追ってずっと様子を見ていた。そして男が化粧品屋の裏にあるアパートに入っていくのを見届け、商店街に戻った。

「今日も、無事帰りました」

大きな声でそう告げると、肉屋のおばさんやたこ焼き屋の親父らが、いっせいに頷いた。

「よかったよかった」

「今日は素直だった」

「すんなり進んだね」

みな、安堵《あんど》の声をあげる。店に戻っていく酒屋のおじさんの背中が見える。

先ほどの中年男は、化粧品屋の裏手のアパートに長くいる住人で、その名を「荒雄《あらお》」さんという。

荒雄さんに発作が出るようになったのは十年くらい前で、きっかけは酒の飲み過ぎだ

った。

幻覚が見えたり、あるいはあるはずのものが見えなくなったりするらしく、混乱するとアパートを飛び出して商店街に現れるようになったそうだ。

酒を飲んでいたころ、発作時の荒雄さんの言動は粗野で、まだ子供だったユキがその場に出くわすと、周りの大人から「あっち行ってなさい」と追い立てられたものである。荒雄さんはその後専門機関での治療を受け、いまは酒は飲んでいない。

しかし発作はときおり起こる。なにかを探しに来たり、なにかに追いかけられる荒雄さんが、一、二カ月に一回ぐらい商店街に現れる。荒雄さんは退院後すっかり大人しくなって、発作の最中も暴れたりはしない。ただおろおろと困惑するだけだ。

発作にはいろんなパターンがある。今日のは、子供時代の「アラオ」が家から姿を消し、大人になった本人が大慌てで探しに出る筋立てだった。商店街の住人はいずれのパターンにも十分慣れていて、荒雄さんが現れても誰も慌てない。一見客《いちげんきゃく》が怪訝《けげん》な顔をしてみせても、べつだん気遣いもしないし、むろん訳を話したりもしない。

ただ商店街から出さなければ大丈夫、と、みなが解っている。北側の入り口から現れる荒雄さんは、南側の端まで行って戻ってくる間に、徐々に困惑の度合いを目減りさせる。そして最後に化粧品屋の奥さんが登場し、家に帰るよう促すと、今日のように素直に帰ってゆく。店主たちは一致団結し、荒雄さんを手から手へ運んでいくのだ。

ユキは店主たちの連携プレーを見ていると、小学校の運動会の大玉転がしを思い出す。紅白の大きな玉を全員で大切に扱って、ゴールまでうまく転がして運ぶ。たまたま荒雄さんの発作の場に出くわすと、いつもユキはあとについて、アパートにゴールする荒雄さんと、店主たちの安堵の笑みをつい最後まで見届けてしまう。

発作の翌日、なにも覚えていない荒雄さんが買い物にやってくる。

店主たちは、

「昨日はちょっと厄介だったよ」とか、

「今回はラクなもんだったよ」と、本人に向かって口々に率直な感想を述べる。荒雄さんの発作を、決してなかったことにはしない。

荒雄さんも出歩いた自覚はあるらしく、「そうでしたか」と照れくさそうに頭を掻《か》いたりしている。その髪はだいぶ白くなってきたが、肌艶《はだつや》は昔よりもずっといい。

発作の日以外のほぼ毎日、荒雄さんは肉屋や豆腐屋で、一緒に住むお姉さんの分も含めた御菜《おさい》を買って帰る。

お姉さんは駅の向こうの信用金庫の窓口に若いころからずーっと座っていて、にこにこと感じの好いひとで、住民にはなじみが深い。

荒雄さんが住むアパートの並びに、ユキの家はある。

両親とユキと弟の四人でいっぱいになる、小さな戸建てだ。昔はお祖母ちゃんも住んでいたが、弟が生まれるのと入れ替わるように亡くなった。

母は専業主婦で、家のことはなんでも手まめにやった。同級生のお母さん連中のなかに親しいひとが何名かいて、そのひとたちと一緒にPTAの係などもやっていた。商店街のおばさんたちとも、買い物のたびなにかしら楽しげに話をしていた。けして賑《にぎ》やかなひとではないが、話すことが好きそうに見えたし、上手くもあった。

だから、というのでもないが、ユキは子供のころ、母から商店街に買い出しにいくよう言いつけられるのが、納得いかなかった。

夕方宿題をやっていたり、再放送のアニメを見たりしていると、「ユキ、ちょっとカラシ買ってきて」などと頼まれる。料理中で手が離せないからと言うが、商店街までは徒歩0分なのだから、ほんのちょっと火を消して自分で行けばいいではないか、と、都《つ》度《ど》不満に思う。

ユキが生来不精《せいらいぶしょう》なせいもあるが、それに加え、母が買い出しを頼む品物というのが、いかにも一品だけ買い忘れるのにふさわしいというか、子供からすると難易度が高い商品なので、なおさら厭《いや》になるのだ。

糸とうがらし、黒いりごま、車麩《くるまふ》とか言われても、それがどの店に売っているのかもわからないし、間違って粉とうがらし、黒すりごま、手毬《てまり》麩などを買って帰ると、母はひどくうんざりした顔をする。カラシに和と洋があるのなんて子供は知らないのだから、商品名を正確に紙に書いて渡してくれればいいのにと思う。

そんなわけでユキにとっては億劫《おっくう》な買い出しだったが、ある日を境に楽しくなった。

それは、さやいんげんを買ってくるよう頼まれたときのことだった。

八百屋の店先に「さやえんどう」という文字を見つけ、ユキはためらいなく買った。八百屋のおじさんは母といっしょのときは愛想がいいのに、ユキひとりで行くと仏頂面だから、さっさと買い物を済ませたかった。

一秒でも早くアニメに戻ろうと走って玄関にたどり着いたとき、「いや、さやえんどうではない。さやいんげんなのだ」と天啓のように閃《ひらめ》いた。同時に、げんなりする母の表情が浮かび、ユキは玄関先で靴を履いたまま大きな声で母に訊いた。

「さやいんげんだったよね?」

声が聞こえないのか聞き取れないのか、母から返事はなかった。でもユキの耳朶《じだ》には「さやいんげん買ってきて」と言ったときの母の声がくっきりと甦《よみがえ》り、商店街にとって返した。

「いんげんと間違えて、えんどう買っちゃいました」

ユキは八百屋のおじさんに告げ、買ったばかりのさやえんどうを差し出した。おじさんは一瞬眉間《みけん》に皺を寄せたが、「ああ、いんげんのほうだったの?」と言い、差額の小銭といっしょにあっさり渡してくれた。

帰り道、ユキは高揚した。母をがっかりさせる前に間違いに気づけて、しかも咄嗟《とっさ》の機転で、あるべき商品と交換できた。

さやいんげんの入ったビニール袋を提《さ》げて歩く自分が、ひどく賢く、健気《けなげ》に思えた。いったんは間違えたけれど、勇気をふるって、父よりずっと年上の八百屋のおじさんに小学生の自分が交渉し、正しいものを手に入れた。

少年少女向けの「ああ無情」を読んだばかりだったことも、多少影響したのだろう。ユキは貧しき市民のために悪徳八百屋からさやいんげんを騙し取ったような、ドラマチックなムードにひたった。

家に着いたときはほとんど英雄的な気分だったが、あえて卑屈な態度で、母にうやうやしくさやいんげんを捧げた。

その日以降買い出しを頼まれたとき、ユキは気分的には健気に、見た目は貧しそうな感じで、出かけることを楽しみ始めた。

「オイスターソース買ってきてくれる?」と頼まれると、

「それは上田（乾物屋）さん? それとも清水（酒屋）さん? それとも三矢（スーパー）さん?」と上目遣いでわざわざ確認する。三矢に行くのが確実なのはわかっているが、三矢は割高だと母が以前こぼしていたからだ。

「え？　いいわよ三矢で」

母にあっさり言われ、ユキはスーパーに向かう。自分のズックではなく、母のつっかけサンダルをぶかぶかに履くのが「気分」だ。スーパーの棚からオイスターソースを抜き取り、レジの行列の最後尾につく。列に知り合いのおばさんがいたりすると、「えらいね、おつかい？」と声をかけられる。そしてユキがオイスターソース一本だけ大事に握りしめているのを見ると、「お駄賃に、お菓子でも買えばいいのに」と言ってきたりする。するとユキは硬い表情でうつむき、髪をゆらして首を横に振る。

貧しくも健気な人間ごっこは徐々にエスカレートしていった。真冬なのに上着も着ないで出たり、つっかけの下に穴の開いた靴下を履いたり、こぬか雨のなか傘をささずに大根を抱えて走って帰ったりした。いちどは五歳になる弟を紐《ひも》でおんぶして出ようとして、弟に暴れられて断念したこともあった。でんでん太鼓まで用意していたのに。

ユキが気持ちよくおつかいを引き受けているのに気づいたのか、いつしか父も買い物を頼んでくるようになった。

父は大酒飲みだ。メーカーのソームだかホームだかで働いていて、毎日夕ご飯の時間にはきちんと帰ってくる。たまにいない日は麻雀《マージャン》だそうだ。夕ご飯のときはいつもビールを飲むが、土日の昼間は日本酒と決めているようだった。

父は酒が強いらしく、週末は朝から夕方までずっとちびちび飲み続けていたが、酔っ払って騒いだりするのをユキは見たことがない。いつも無言で、テレビの囲碁《いご》番組か、新聞か、会社四季報を見ながら大人しく飲んでいた。父は子を叱るときに手を上げるタイプで、ユキも弟もたまにぶっ飛ばされていたが、お酒を飲んでいるときに叩かれたことはないので、酒乱ではないと思う。

週末の昼間、お酒が切れたときに「ユキ、清水さん行って、これと同じの買ってきてくれるか」と頼まれた。「これ」と指した紙パックには筆書きのような黒い字で漢字と平仮名が書かれているが、字が崩してあるのでユキには読めなかった。

「おにころし、って言えばいいんだ」

父はそう言って、自分の財布から千円札を出した。「お釣りはお駄賃だ」

母が厭そうな顔をしてこちらを見ていたが、なにも言われなかった。ユキは酒屋に向かいながら、自分がおつかいぐらいで父からお駄賃をもらうことが、母には面白くないのだろうと思って、足取りが重くなった。

「おにころしください」

小さな声で酒屋のおじさんに告げる。おじさんは「え?」と聞き返した。ユキはもういちど「おにころしください」と言いながら、なんて恐ろしげな名称なんだろうと恥ずかしくなった。

「この、大きいのでいい？　重たいから小さいほうがいいか」

ユキは紙パックを見比べるが、家にあるのは大きいほうだ。

「大きいほうください」

千円札を出すと、おじさんはいくらかのお釣りをくれた。釣り銭には百円玉も混じっていて、ユキは金をもらうことへの罪悪感を覚えた。

近いとはいえ、ビニール袋は小学生にはずっしりと重かった。家に着いて、居間にいる父に酒を持っていくと、「おお、ご苦労さん」と上機嫌で労《ねぎら》われ、ユキの気は晴れた。母は台所にいるようだった。

それから、ほぼ毎週末、ユキは清水酒店にパック酒を買いに行くようになった。

ユキはすぐ、あらゆることに慣れた。恐ろしげな商品名にも、二リットルの重みにも、毎回釣り銭がふところに入ることにも。

健気ごっこに最適な状況であることにも気がついた。

酒屋に行くときは、ことさら暗い表情で出かける。寒い日に、わざと靴下を脱いで素足につっかけを履く。母が「もう捨てないと」と言っていた、肘に穴の開いたシャツを着たり、寝癖をわざと直さないでおいたりもした。

みすぼらしいユキが店先に現れると、酒屋のおじさんはこころもち暗い顔をして、黙って二リットルの紙パックをレジに持ってきてくれる。

あるときから、背の高いお兄さんを店でよく見かけるようになった。

お兄さんは、買ったばかりらしいガラスコップに入った日本酒を、レジの脇で立ったまま飲んでいた。ユキが会計をしていると、お兄さんはその場を一瞬離れ、また同じコップを持ってきて小銭をレジ台に置く。

「もうやめときなよ」

「この一杯でやめるからさ」

「そう言ってもう四杯目じゃないか」

お兄さんはうつむいて笑いながらコップの蓋をとる。「平日はほとんど飲んでないんだ」「仕事が忙しいから」「家で飲むと姉さんが心配する」といったおじさんとの会話がユキの耳に入った。見上げると、長い前髪の隙間からお兄さんもこちらを見ている。濡れたような黒目の真ん中に電灯が白く映りこんで、アニメの主人公みたいに輝いていた。

そのうちなんとなく顔見知りになり、お兄さんはいつもレジで紙パックを受け取るユキの姿を眺めているようだったが、直接話しかけてくることはなかった。

二、三カ月経ったころだろうか、ユキは清水酒店でお兄さんを見なくなったが、あのお兄さん最近いないね、とおじさんに世間話を持ちかけるには、ユキは若すぎた。近頃現れる商店街の暴れ者の噂とあのお兄さんを結びつけるほど、想像力も発達していなかった。

学校の昼休み、ユキは校庭で転倒した。

とても寒い日で、ダウンジャケットを着こんで遊んでいた。その冬、ユキの手はしもやけがひどく、紫にふくれた指をかばうように、カンフーの達人みたいに両袖に手を入れて走っていた。そしてつまずいてその体勢のまま転んだ。

はじめスカートから剝《む》きだしの膝をつき、ダウンに包まれた腕で衝撃を吸収しようとしたが、いきおいで顔も着地した。頰骨のめだつ骨格のユキは、頰と膝を派手に負傷した。

次の週末、また酒を買いに行った。

店に入るやいなや、おじさんは息をのんでユキを凝視した。膝のかさぶたは面積が大きく、頰の擦り傷は治りかけていたが、時間の経過とともに青あざが広がっていた。そしおじさんが紙パックを出してくれないので、ユキは棚からそれを持っていった。そしていつも通りポケットから千円札を出すと、おじさんはレジを操作しながら、アンケートでもとるように、さりげない調子で尋ねてきた。「ユキちゃんのおとうさんは、ユキちゃんをぶったりするかい？」

唐突な質問だった。おじさんの声色《こわいろ》は明るく、気楽な感じだった。質問したあとは鼻歌を歌いながら、おまけのキーホルダーを袋に詰めてくれている。

ユキはうーん、と記憶をたぐった。公文《くもん》があるのを忘れて友達と遊びに行って、夜お父さんに頭を小突かれたのは先月だったか。

「ぶつこともあるよ」

おじさんは無言で、釣り銭と紙パックの入った袋を渡した。

ユキはそれを手に提げず、両手で抱え持った。そのほうがだんぜん「気分」だから、もうずっとそうしていた。

その日の帰りは、なんとなく大人がみな自分を見ている感じがした。

翌週、おじさんは、お得な商品を特別にユキに売ってくれた。

「これ、棚に並べてるうちにビニールが剝がれちゃったんだ。蓋もちょっとぶらぶらして。中身にはなんの問題もないけど、気持ち悪がって誰も買ってくれないから、特別に安く売ってあげるよ」

おじさんの言い値は、ふだんの半分以下だった。

「お釣りが多いぶんは、ユキちゃんがとっておくといい」

おじさんはそう言って、ふだんのお釣りとはべつに、安くなったぶんの小銭を「おとうさんとおかあさんには内緒だからね」と言って、ユキのポケットに入れてくれた。

ユキは得したうれしさを隠しながら、いつものようにうなだれて家に帰った。

居間の畳の上に紙パックを置いて立ち去ると、「ビニールも蓋もとってくれたのか。ずいぶん気《き》が利くなあ、ユキは」という父の声が廊下まで漏れ聞こえた。

それからずっと、おじさんはお得品を渡してくれた。そのうち「B品だから」とお代も受け取らなくなり、千円札はまるごとユキのポケットマネーになった。

お父さんが囲碁を見ながら「この銘柄、味が薄くなったなあ」などとぼやいているのを聞いたときは、ビニールのとれたB品を買っているのがばれただろうかと、肝を冷やしたものである。

ある日ユキは、噂の商店街の暴れ者に遭遇した。

背の高い男が大声でわめきながら歩き、買い物客は道を空ける。ユキは、あ、あのお兄さん、と思って、じっと顔を見上げた。一瞬視線が合ったようだったが、お兄さんの瞳はなにも映していないかのように乾いて、黒目を泳がせながら横を通り過ぎていく。そのまま清水酒店に入っていき、すぐに「だめだ、あらおさん」と言うおじさんに抱きかかえられて外へ出てきた。お兄さんの口の端からはなにかが垂れていて、それがあまりに白くて長いので、ユキはよだれだとわからなかった。

「あんた、あっち行ってなさい」

とユキを押しやったのは、どこの店のおばさんだったか。

同じ時期、学校から帰ると玄関先にひとが立って、母と話しこんでいた。見たことのない、きちっとした格好のおばさんだった。

その後、お酒はいつの間にか常に補充されているようになり、ユキが父からおつかいを頼まれることはなくなった。母の買い忘れも少なくなり、ユキの健気ごっこは自然と終わりを迎えた。

ユキの手元には十分なお金が貯まっていたので、お駄賃を得られなくなったこともとくだん残念ではなく、もとの不精なユキに戻った。

ユキが初めて商店街で働いたのは、乾物屋でだった。

中学生のとき、母に言われて切り干し大根を買いに来て、ユキはそのまま店から出られなくなった。今すぐ帰ったら父と母はまだ言い争いの最中だろう。

会計を終えてもガラス戸の前で立ち尽くしているユキを見て、乾物屋の奥さんは、「石油ストーブにでもあたっていきなさい」と声をかけてくれた。外は木枯らしが吹いていた。

それから買い物がない日も、ユキはストーブにあたりに行った。そのうちレジの袋詰めとか、空いた段ボールをつぶしたりとかを手伝うようになった。お給金をもらっていたわけではないので、厳密に言えば働いていたのとはちがう。

正式にアルバイトとして勤務したのは、高校生のときの肉屋さんが最初だ。

肉屋は週末食べ歩き客で賑わうので、日曜だけ手伝いに行くようになった。そのころ母は家であまりきちんとした料理を作ってくれていなかったので、おばさんが持たせてくれる売れ残りのコロッケは、食べざかりのユキと弟の貴重なカロリー源となった。

父が地方の工場に転勤になり、母は掃除だ作り置きだと、何かと父の単身赴任先に泊まりに行くようになった。今はユキも弟も思う存分商店街でアルバイトをして、賄《まかな》いを食べさせてもらったり、好きなものを買い食いしたりしている。

アルバイト先にはことかかない。弟はたこ焼き屋専属だが、ユキはあたかも商店街全体とフリー契約でも結んでいるような形で、人手が足りないと声がかかるや、どの店にでも手伝いに出ている。

最近よく働きに行くのは、そば屋と化粧品屋だ。そば屋に最近入ったバイトがどうやらハズレらしく、しょっちゅう当日欠勤する。そういうときは昼食時と夕食時にお運びとして入る。化粧品屋は奥さんがひとりで営《いとな》んでいるが、閉店前の一、二時間だけ店番を頼まれることが多くなった。恋人でもできたのか、ユキに店をまかせていそいそと出かけていく。

今日は夕方五時半にくるよう頼まれている。ユキは久しぶりに大学の授業をきちんと受け、店番に間に合うように帰ってきた。

一年生のころはまじめに講義に出ていたが、あまり出席しなくても進級できることがわかってからは、サボりがちになった。そのぶん演劇サークルとアルバイトに精を出している。

ユキが時間ぴったりに着くと、奥さんはすぐに化粧品メーカーのロゴが刺繡《ししゆう》されたエプロンを脱ぎ、ユキに手渡した。

還暦は間違いなく過ぎているだろうが、いつ見ても綺麗だ。

さすがに化粧が上手で、年配の女性にありがちな塗りすぎた感じがない。けばい感じも女臭さもなく、どこかすっきりしている。ユキが物心ついたころにはもう化粧品屋を構えていて、外で働いていた旦那さんはだいぶ前に早死にし、そのあと独りを通している。商店街の親父たちのマドンナ的存在であるが、色香漂《ただよ》う未亡人というより、元ＣＡのマナー講師とか、アナウンス教室の学長といった肩書きが似合いそうな、きちっとした雰囲気がある。

奥さんが出ていくと外はすでに薄暗く、たぶんもう客もこないだろうと、ユキはレジの椅子に座りこんで「花椿《はなつばき》」を読み始めた。

にわかに、外が騒がしくなった。目線を上げると、ガラス戸の外に派手な柄が躍っているのが見える。

あの色とりどりの和柄は、荒雄さんの綿入れである。ユキは外に出た。

一目で、荒雄さんは買い物に来たのではなく、発作が起きているのだとわかった。手ぶらだし、片足はいつものクロックス、もう片方にはスニーカーをかかとを踏んで履いている。そしてなにより顔が、あわてた表情のまま強張《こわば》っている。

空《す》き始めた商店街を、荒雄さんは小走りに進む。

「おれのめだま」

肉屋のおばさんに言う。

「えっ？」

「おれのめだま、見ませんでした？」

「めだま？」

荒雄さんは右の目を手のひらでふさぎ、「おれのめだまが外れて、こっちに転がっていっちゃったんです」と、黒目がちの左目で路上を見回す。

本人の身体のパーツを追いかけにきた、というのは初めてのパターンだ。

肉屋のおばさんはこころもち口元を引き締めて、たこ焼き屋の親父を見る。親父も、鉄板の上に身を乗り出しておばさんを見ている。

「――たこ焼き屋がたぶん知ってるよ」

おばさんは、とりあえず荒雄さんを動かすことにしたようだ。右目ならホラ、ちゃんとそこに嵌《は》まっているじゃないか、なんて、真っ当なことは決して言わない。

ユキは、化粧品屋の入り口の鍵を閉め、荒雄さんのあとを追うことにした。

ここ五、六年、荒雄さんの発作は決まった数パターンをぐるぐる回していたのだ。目玉を探しにきた場合の処し方は手探りである。

「おれのめだま、転がってきましたよね」

たこ焼き屋の親父はぐびりと唾を飲みこみ、「ああ、あっちに転がっていったよ」と、南のほうを指す。

「おれのめだまは？」荒雄さんは乾物屋に尋ねる。

「えっ？　ああ、うん」乾物屋さんはユキの顔を見る。ユキは南の方向をアゴで示す。

「あんたの目玉なら、あっちに転がっていったよ」次のお店に聞こえるように、大きな声で言う。

「おお、あっち転がってったよ」と、下駄屋。

「俺も見たぜ、目玉があっちいくの」と、果物屋。

ユキは危惧した。今日は少し、進行が早すぎる。もっとゆっくり進めないと、荒雄さんが落ち着くひまがない。

酒屋のおじさんが店の前で立っている。おじさんは荒雄さんの様子をさっきから見ていたのか、ひたいに皺を寄せて厳しい顔をしている。

ユキはおじさんの気持ちがわかった。ここ数年、ある意味で安定していた荒雄さんの症状が、新たな展開を見せているのだ。

荒雄さんは、悪いほうへ進んでいるのかもしれない――。ユキがそう感じているくらいだから、おじさんもたぶん、そう思っているはずだ。

荒雄さんが酒屋の前で止まった。発汗がひどい。瞳も揺れている。いつもの、狼狽《うろた》える、という範囲を超えているように見える。

「こっちだ」

おじさんは身を翻《ひるがえ》し、荒雄さんを店内に誘い入れた。

店に入ると、何年も前のビール会社のキャンペーンギャルのポスターが貼ってある。気に入っているらしく、新しいものに貼り替えようとしない。おじさんはポスターの方向に「こっちだこっちだ」と荒雄さんを誘導する。荒雄さんはビキニギャルには目もくれず、床を舐《な》めるようについて行く。

「あっちの角を曲がっていったぞ」

棚の間の狭い通路を回る。ここで疲れさせる気だな、とユキは理解した。荒雄さんは「どっち行った」とか呟きながら、腰をかがめて店内を歩き回っている。そして五周目に入ったところで、

「どこに隠したんだっ」

と、激昂して立ち上がった。

ユキとおじさんは目を見合わせた。発作中荒雄さんが声を荒らげるというのは、酒を断ってから初めてのことだ。

どうしよう、このまま暴れ出したら――。

しかし荒雄さんはその場で立ったままあたりを見回している。荒雄さんのちょうど顔の横にワンカップが並んでいるのでユキは緊張したが、荒雄さんの視線は棚を素通りした。

おじさんが、レジのところで手を振っているのだ。

「あったよ、目玉。これだろ？」

おじさんが手に持っているのは、ビールの王冠である。

そんな子供だましな、とユキはたじろいだが、荒雄さんはおじさんに向かって大股で歩いていく。

「おっとっと、勝手に飛んでいっちまうよ、この目玉」

おじさんは王冠を高く掲げながら店を出ていく。王冠が飛ぶ高さを変えながら、荒雄さんを引きつける。おじさんは荒雄さんの発作のとき、いつも誰よりも一生懸命だ。

おじさんを追いかけて荒雄さんも外に出る。もう今日の症状について商店街じゅうに話が行き渡っているらしく、みな落ち着きを取り戻している。

「おーい、なくした目玉って、これかい？」と、豆腐屋ががんもどきを箸《はし》でつかむ。

「この中に入ってないかい？」八百屋がプチトマトの籠《かご》を見せる。

「目玉ここにあるよー」パン屋がチョコリングをトングで掲《かか》げる。

荒雄さんは「そんなに大きいわけない」と豆腐屋に首をふり、プチトマトの籠はしばらく立ち止まってじーっと眺め、そのあとチョコリングの前ですこし食べたそうな顔をした。

総菜屋の八宝菜のうずら卵と、弁当屋のハンバーグに載った目玉焼きは、いちばん熱心に見ていた。

荒雄さんの足取りは徐々にゆったりして、ふだんのような困った顔で、肉屋の手前まで帰ってきた。酒屋のおじさんもついて来ている。

ユキはそこでハッとした。

化粧品屋の奥さんがいないではないか。

にっこり笑って「おうちへ帰りなさい」と言い渡すのは奥さんの役目だ。この締めくくりをしくじると、荒雄さんをちゃんとゴールさせられないかもしれない。

ユキは駅に向かう方面の階段を見る。さっき出かけたばかりの奥さんが、帰ってくるはずもない。

覚悟をきめて、ユキは荒雄さんの前に立ちはだかった。大きく息を吸い、おへそのあたりに空気を溜め、

「目玉なら、さっきアパートのほうへ転がってったわよ。いまごろはもう、おうちに戻ってるわよ」

演劇サークル仕込みの発声で、ひといきに言い放った。奥さんのような凛《りん》としたオー

ラを目一杯にじませたつもりで。

荒雄さんは、ふだん奥さんを見るときのようにぽーっとした顔にはならなかったが、ふらふらと、アパートの方へ歩き出した。

ユキと酒屋のおじさんは、化粧品屋の角から顔を出して荒雄さんを見送る。荒雄さんは、アパートの角をちゃんと右に曲がり、姿が消えてから数秒後、ガラガラ、ピシャン、と引き戸が閉まる音がした。

ユキが小声で「無事、ゴール」と言うと、おじさんは「痛《い》てて」と呟いて、握りしめていた右手を開いた。

おじさんの手からは王冠が転がり落ち、開いた手のひらには、どの手相の皺よりも深く、花マルのような跡がくっきりと刻まれていた。

スナック墓場

ハラちゃんの予想は三レース連続で的中していた。はじめの二レースこそ堅い予想だったが、三レース目は馬複百五十倍の高配当だった。

本人には予想しているという自覚もないだろう。4号スタンドのボックスシート近くのモニターで、ハラちゃんはパドックの様子に見入り、周回する馬たちを、「可愛い」とか、「ちゃんとお行儀よく歩いてる」などと評しているだけなのだ。

相変わらず綺麗な声だな、と、克子《かっこ》はハラちゃんの素人《しろうと》じみた感想を心地よく聞いていた。同じ店で働いているときから、鈴をころがすようなハラちゃんの声を耳にするのは克子の楽しみのひとつであった。「きれいどころが一人もいない」ことで知られていたスナック「波止場《はとば》」において、ハラちゃんはその若さと声の美しさ、髪質の良さでエース的なポジションに置かれていた。ハラちゃんの声を聞きたくてやってくる常連客も数多くいた。

「きれいなお面かぶってる」

「あっ、立ち止まった」

「あらあら、うんこしてる」

といったハラちゃんの発言の合間に、

「いい。強い」

という言葉が挟まることに克子はすぐ気づいた。「いい。強い」と言うときだけ声が低く抑えられ、エロチックに響いたからだ。

その「いい。強い」と呟《つぶや》いたときの馬を、克子はなんとなく記憶していた。ハラちゃんはレースそのものには関心がないようで、発走を待たずにビールを買いに席を立った。克子がレースを眺めていると、「いい。強い」と言われた馬が一、二着で来た。どちらも人気馬だったので、いい馬というのは素人にもそれなりに映るのだろうと得心した。それが三レース続いたので、克子はハラちゃんの言葉にいよいよ注意を払って耳を傾けた。

マークカードの記入を終えた美園《みその》ママが「買わないの?」と訊いてくる。克子もハラちゃんもまだ馬券を買っていない。ハラちゃんはパドックを見ているだけだし、克子はどうせ当たらないだろうとはなから諦めの姿勢だった。

美園ママは克子の返事を待たず、レーシングプログラムをひらひらさせながら軽い足どりで馬券を買いに行った。

スナック波止場が店を閉じたとき、美園ママが一年に一度は三人で同窓会をしようと提案した。今日が三回目の同窓会である。

第一回は「波止場」近くの居酒屋、二回目は宝町《たからちょう》の寿司屋と奮発した。今回は克子が東京モノレール沿線のUR賃貸に引っ越したばかりというタイミングで、新居で酒盛りをする案も出たが、大井競馬場が近いことに美園ママが気づき、克子が4号スタンドの指定席を予約したのである。

「ちょいと、別の建物には応接室みたいなソファ席もあったわよ」

美園ママは馬券を買うついでに場内を見学してきたらしい。

「ああ、あっちは料金が五倍ぐらいするんですよ」克子が答えると、

「あらま。たしかに豪勢な感じだったねえ」美園ママはあっさりしたしつらえのグループ席を見回す。

「でも、むこうは馬券買うのも払い戻しもキャッシュレスなんです。現金決済のほうがいいでしょう?」

「そうよ。それに美園ママ、ソファ席苦手だったじゃないですか」

ハラちゃんが言うと、美園ママは、ああ、ソファね、と顔をしかめた。克子がソファ

席を避けたのも、じつはそれが理由だった。スナック波止場の隅に一セットだけあったソファ席に、美園ママはけして座ろうとしなかった。

体重が三十キロちょっとの美園ママの脚に無駄な肉はなく、ソファに腰掛けると正面の客に「三角地帯が見えてしまう」からぜったいに座らないのだと言っていた。パンチラなんぞで商売はしない、と薄い胸を張っていた。でも本当は、スプリングが死にかけた店のソファに腰を沈めると、ママの筋力では容易に立ち上がれないからだと克子もハラちゃんも知っていた。

ママは幾つになったんだろう、と、克子はかつての上司の顔を見つめる。

美園ママは、流行《はや》らない商店街の最果てにあるスナックにぴったりの風貌をしている。お化粧が濃く、髪は茶色く乾燥し、とても痩《や》せて、お酒と煙草《たばこ》で声が嗄《か》れていた。右手にはエメラルドをダイヤで囲んだ指輪、左手には小判をくわえた蛇がとぐろを巻いている指輪を嵌《は》め、それはどちらもぶかぶかで、喋《しゃべ》りに熱がこもって手振りが激しくなるたび、すっぽ抜けてカウンターの外まで飛んだものである。

厳冬の立木に似た指に、今日はなにも着けていない。お化粧はちゃんとして、三杯目の水割りを舐《な》めていても口紅がちっともはげていないところはさすがである。うつむくと、生え際の薄くなったところにまで丁寧に白粉《おしろい》が塗りこんであるのがわかる。

四レース目、ハラちゃんが「いい。強い」と言った馬を、克子は買うことにした。

眼鏡をかけてマークカードと向き合う。馬券を買うのは久しぶりだ。画面で単勝のオッズを確認すると、ハラちゃん推薦の二頭の人気はじつにブービーとしんがりである。さすがに克子の簡易鉛筆の動きも止まった。

克子の競馬歴は三十年を数える。

馬券やレースを楽しむというより、長いスパンで競馬界を観察する好み方だ。人間と馬の関わり、あるいは馬と馬の、ライバル同士の、兄弟姉妹の、親と子と孫の、馬本人たちはあずかり知らぬ、脈々とつらなるドラマを愛した。シルバーコレクターだったステイゴールドの産駒がクラシック三冠をとったとき、克子は興奮のあまり心房細動を発症した。

そんな情感をこめた見方をしていると、馬券はまず当たらない。じっさい三十年のなかで克子が当てたのは十レースかそこらである。見ているだけで楽しめるから徐々に買わなくなり、それでも夫が生きていたころは夫の勤め先の近くに場外があったのでたまに頼んで買ってもらっていたが、いまは完全に見るほう専門である。

ハラちゃんの何気ない予言が当たることは今日にはじまったことではなく、彼女の第六感を克子は信用している。しかしそれにしても、ブービーとしんがり人気とは――。

結局、上位人気馬を含めた三連複のボックス買いにした。

発走前にハラちゃんは「小腹すいちゃった」と財布だけ持ってどこかへ行き、美園ママはテーブルの上に買った馬券を並べる。覗き見ると複勝ばかりなので、克子はママの堅実さに目を細めた。

果たしてレースは、ハラちゃん推薦馬が一、二着、人気馬が三着で確定した。三連複で千二百倍の配当である。

「当たって損するんじゃ勝ったとはいえないねえ」

複勝の換金を終えたママが戻ったのと入れ違いに、克子はゆっくり席を立つ。払い戻し機に馬券を入れると、万札が二十四枚出てきた。二百円ずつ買っていたのである。人生初の万馬券の配当を札入れにねじこんだら、二つ折りの財布は閉じなくなった。

克子はたまっていたレシートを抜いて、ゴミ箱に捨てる。そして札入れの隅に折り畳んでしまってある八千円分のお札を取り出し、角がひしゃげているのを伸ばして、また入れ直した。この八千円は、かれこれ十年以上克子の財布に入れっぱなしになっているものである。

なんとか二つに折れた財布を握って席に戻った。穴馬が揃って入線した衝撃は、その瞬間こそ克子を震わせたものの、いまはすっかり平静を取り戻していた。自分の分析の結果ではなく、他人の口から漏れた感想をもとにして買った馬券なのである。達成感はとくになかった。

「ハラちゃん、まだ戻ってないんですね」

克子が声をかけると、いつの間にか頰紅をさし足したらしい美園ママがこちらを見てうなずく。どこか遠くの売店にまで足を延ばしているのだろうか。もっともハラちゃんが戻ってきたところで、克子は十二万馬券の顚末《てんまつ》を話す気などない。ママにも報告する気にならない。今日、ベテラン競馬ファンの克子は引率者的な立場で、他人の予想で獲《と》った馬券などで浮かれるつもりはない。

「美園ママ、いつも複勝ばっかりなんですか？」

「うんそう。いろいろ考えるの面倒くさいからね」

「でも複勝じゃ儲からないでしょう」

「儲からないけど、大きく損もしないからね。今日だって、ひいふうみい……、マイナスはせいぜい三千円ぐらいよ」

指先を湿らせて財布の中身を数えるママを見て、克子は言う。

「今日、ここの席代はわたしが奢《おご》りますよ」

「なに言ってんの。割り勘でいこうよ」

「ううん。今日はママとハラちゃんにここまで足を運んでもらったわけだし。それに、勝手にソファ席じゃないとこ予約しちゃったし」

「厭《いや》なこと言うねえ。見やすくていいじゃないのさ、この席。それにママのあたしが店の子に奢ってもらうわけにゃあ……あっ、あんた」

「さては、いま馬券当たったんだね？　急にそんなこと言い出して」

「えっ？」

「えっ、や、そんなわけじゃ」

「いくら儲けたんだい？　それであたしが複勝ばかりで儲からないとかなんとか言い出したんだね」

「いえ、そんな……」

「なに揉めてるんですか？」

ハラちゃんが戻ってきた。プラスチックのトレイにビールのほか、もつ煮やフレンチフライを山と載せている。

「克子がどうやら大きいの当てたらしいんだよ。それが白状しなくて……あんまり水くさいじゃないか、いくら水商売あがりだからって」

「あらっ、そういえば克子さんのお財布パンパンに膨れてる。すごいわあ。あとね、おつまみいっぱい買ってきたから、みんなで食べましょうよ」

「ちょっとちょっと……。あんたもかい、ブルータス」

「はあ？」

「そんなに買いこんできたってことは、あんたも当てたんだろ、いまの荒れたレース」

「えーっ。馬券の買いかたも知りませんよう」

ハラちゃんは童女のように透きとおった声で否定しながら、美園ママの好みそうなもつ煮や漬け物をトレイから取ってママの前に並べる。

こういう賑《にぎ》やかさは、スナック波止場をやっていたときから変わらない。


スナック波止場は、海から遠く離れた内陸部にあった。海がないばかりか、近くには川も池も浄水場もない、あらゆる水場から縁遠い場所であった。

それでなぜ「波止場」なのかと、勤めに慣れてきたころ克子はママに尋ねた。

「さあねえ。オーナーが若大将あたりのファンだったんじゃないの？」

その返答で、美園ママが雇われママであることを知った。このへん一帯の地主が店のオーナーであるらしい。

夫と死別したのち、長いこと専業主婦だった克子は職探しに苦労した。

酒が強いのが取り柄《とえ》だからと水商売を訪ねてみると、色気がないせいか、あるいは大柄な体軀と角ばった男顔が邪魔をするのか、克子を雇い入れてくれる店はなかなかなかった。あきらめ半分で「店員急募」の紙を貼ったスナック波止場の戸を叩いたら、「あらっ、いらっしゃい」と髪を揺らして振り向いたハラちゃんが、克子を見るなり「どうぞよろしく」と微笑《ほほえ》んだ。それが事実上の合格通知となり、美園ママに「源氏名は〝克子〟でいこう」といきなり命名された。

本名よりもずっと時代がかった源氏名で、克子は次の日から働くことになった。ちなみに「美園」という可憐な源氏名はママ本人が名付け、なぜかハラちゃんだけは本名の「原山《はらやま》」からとったあだ名で呼ばれていた。

いざ勤め先が決まってみると、克子は軽いところのない自分に水商売が勤まるのか不安で、その晩はよく寝つかれなかった。しかしそれは杞憂《きゆう》だった。

「波止場」で克子は、愛嬌もおべんちゃらも求められなかった。愛嬌はハラちゃんが担当していたし、おべんちゃらというものはこの店自体になかった。ママもハラちゃんも客とごくふつうに、対等に会話していた。

スナック波止場は繁盛していた。さびれた商店街のなかで、ひょっとしたら一番賑わっていた店かもしれない。いままで二人でどうやって店を回していたのか不思議になるくらい、客足が途絶えることはなかった。

客の大半は、商店街の店主たちと、近隣の住宅地の隠居のひとびとである。たまに間違って学生風の男三人組みたいのが入ってくることもあったが、そういう客もなぜかそのまま常連になったりした。

たしかにママの作るおつまみは美味しいし、ドリンクも格安、そのくせカクテルなどは気前よく濃いめに按配《あんばい》されていた。しかし、とりたてて美人がいるわけでも調度が立派でもないこの店が、なぜこれほど客を呼ぶのか克子にはわからなかった。

克子はカウンターの中で、お酒をつくったりグラスを洗ったり拭いたりばかりしていた。美園ママもハラちゃんも、一通りのお酒の作り方を教えたほかは、とくになんの指示もしなかった。

「新人さん？」と常連客に尋ねられるたび、ママは「そう。克子ちゃんです」と答え、克子が「克子です。よろしく」と不恰好に頭を下げると、店中のひとが微笑んでうなずいた。克子はそのとき以外は放っておかれて、自分のようなぶっきらぼうな女にわざわざ話しかけてくる客もいないだろうと、もくもくとコップ磨《みが》きに励んだ。

そんな毎日を繰り返しているだけだった。それだけなのに、克子はいつの間にか店になじんで、「波止場」の一員になっていた。

なんのきっかけもなく、ある日突然、ああ、いま自分はこの店の一部である、と理解したのだ。

美園ママもハラちゃんも、おそらく克子が店に入る前と同じように、日々を過ごしていたのだろう。お客さんたちもそれは同じで、克子がいようがいまいが、いつも同じように店でのひとときを楽しんでいただけだった。

店になじんだ、と克子が自覚した日から、不思議とまわりの態度も変わってきた。

常連である電器屋の店主が、急に克子のことを「用心棒」と呼びはじめた。この電器屋は口が悪いところがあって、平板で大きめな楕円形《だえんけい》をしたハラちゃんの顔を指して

「わらじ」と呼んだりしていた。「用心棒」と言われてみると、大柄で口数すくなく茶筒のような体型の克子にはぴったりのあだ名で、本人がいちばん大きな声で笑った。それがきっかけで克子は初めて話の輪に加わった。

その日最後の客が帰ったあと、初めてママは克子の身の上を尋ねてきた。夫が亡くなって、と克子が話すと、ママもハラちゃんも「ああ」と、ひどく納得したような嘆声を漏らして、それ以上なにも訊いてこなかった。

克子は、お客さんたちがなぜ「波止場」を好むのか、だんだんとわかってきた。肩に力が入っていないとか、適度に放っておいてくれるとか、美点はいくつか挙げられるが、なかでも欠かせない要素のひとつに、美園ママの清潔感というのがあった。見た目ではなく心構えの話である。

お通しは無料、客が入れたボトルはだいじに扱うが、それ以外はお酒の注ぎ方をけってけちらない、などというのはその一端だが、なにより、お客さんを色分けして態度を変えることをしなかった。常連さんにもいちげんさんにも、同じように語りかけ、同じように心を配り、店がたてこめばみなを等しく雑に扱った。

常連のなかに、ドラッグストアの社長がいた。駅ちかくに店舗を三つ持っていて、この界隈《かいわい》では珍しく羽振りのいい客である。白州《はくしゆう》十八年などという、高いウイスキーのボトルを入れるのはこの社長だけだった。周りと比べると若めで、風采もいい。

上客だからといって格別に大切にもされず、社長もその待遇がべつに不満でもないようだった。三人連れの客が入ってきて二つ続きの席しか空いていないとき、社長は美園ママに言われる前に自分でグラスとお通しを持ち、おしぼりでカウンターをさっと拭いてから席を移ってくれた。ときどきは美園ママにお酒を勧めることもあった。ママは一瓶千円の米焼酎を飲むのと同じように、三万円もするウイスキーをストレートで、このうえなく美味しそうに飲んだ。

「波止場」の客はほとんどが現金払いだが、社長がボトルを入れたとき、手持ちが足りないとかでカードを出してきたことがあった。そのときママは「お金持ってないのかい」と心配そうに訊いたあと、

「飲みしろをカードで払うなんて野暮《やぼ》なことするもんじゃないよ。お金がないならツケといてやるからさ」

と励ますようにウインクした。社長は困ったような顔をしておしぼりで首の後ろを拭き、翌日にまたやって来てツケをきれいに払っていった。

美園ママはふだんからツケ払いに寛容で(回収率はしぜんと高かった)、店の売り上げにはほとんど頓着していなかった。営業は至極順調だったから、気にする必要もなかったのかもしれない。決まった額だけを店に残して、オーナーから預かった通帳を持って、こまめに売上金を銀行に預けに行っていた。

美園ママと対照的に、オーナーにはがめついところがあった。克子は会ったこともないが、オーナーの気配は日々感じていた。どこから感じていたかといえば、毎日店が出すゴミからである。

閉店後、ゴミの入った袋の口をしばって店の中に置いて帰る。翌日出勤すると、もうその袋はなくなっている。オーナーが朝がた車で店にやってきて、回収していくのだそうだ。

「事業系のゴミ袋ってさ、高いだろ」

ママがあきれ顔で説明してくれたところによると、商店や企業が使わねばならない事業系ゴミ袋の代金をケチりたいがために、オーナーは店のゴミを毎朝回収しては、隣町にある自宅の広大な庭で燃やしているそうなのである。

克子は、煙草の吸殻やレモンの搾《しぼ》りかすが入ったゴミ袋を眺めながら、オーナーが若大将の歌を口ずさみ、広い庭で焚《た》き火をしている姿を想像してみた。しかし、見たこともないオーナーをママと同年輩の女性と想定しているせいか、「海 その愛」のサビ部分を気持ちよさそうに歌う美園ママの姿しか思い描けないのだった。

いっぽうハラちゃんは不思議なひとだった。まず年齢がわからない。声と髪のツヤは、十代のそれである。お化粧はほとんどしておらず、電器屋に「わらじ」と名づけられるくらい、平べったい顔をしている。目も鼻も口も小さくて、それが間隔をおいて配置されているから、余白が多い印象である。頭のてっぺんにチューリップを一輪挿《さ》したら似合いそうな、ちょっとおめでたいような顔をしている。

はじめのうち、克子はハラちゃんをまだ二十代だと思っていた。しかし「波止場」での勤務歴は長そうで、ママの過去についてもやたらと詳しい——ママから聞いたのではなくその場に居合わせて直《じか》に目撃したかのような——話しぶりを見せるときがあって、途中から幾つぐらいかわからなくなり、そのうち年齢などどうでもよくなった。

ハラちゃんは常連客にもいちげんさんにも、美園ママにも克子にも、同じように愛想よく接した。店がたてこんでもけっして慌てず、朗《ほが》らかな態度を貫《つらぬ》いた。ハラちゃんには、いつも余裕があった。それは人間的におおらかだからというだけでなく、ある特殊能力によるものでもあった。

ハラちゃんには、客の注文が前もってわかるという特技があった。

常連客はだいたい頼む酒が決まっていて、一杯目は必ずビールの客が来れば、克子でも顔を見た瞬間にビールグラスを手にすることができる。

しかしなかには毎回違う酒を注文する客もいる。そういう客が来たときでも、ハラちゃんはお客さんが席に着く前からグラスや氷をセットしはじめる。そして「ハイボール」と言われたときにはもう、グラスのなかでソーダの泡がはじけている。これが「ソルティドッグ、高血圧だから塩なしで」なんて注文のときでも、コップの縁に塩をつけずにグレープフルーツジュースを注ぎ終えていたりする。

なにか法則性をつかんでいるのだろうかと、克子もハラちゃんを見習って客の注文を当てようと試した時期がある。しかし、すぐにあきらめた。そこに法則性などなかったのだ。いちげんさんが「ジョニ赤のダブル水割り氷抜きの常温水で」なんて言うのもハラちゃんには事前にわかってしまうし（ジョニ黒には手も触れない）、三年ぶりに来てくれた客がしたたか酔ってから「タコさんウインナー食いたいなあ」などと言い出したときには、ハラちゃんはもう赤いウインナーに包丁で切れ目を入れているのだ。

「まっ、十九万円もある」

克子はついに財布をママに取り上げられ、大雑把《おおざっぱ》に万札を数えられ（本当は二十四万円以上ある）、万馬券を当てたことを白状させられた。

「まさか克子がねえ、穴狙いとはねえ」

「あら、あたしは克子さんて、冷静に見えて大胆なとこあるってにらんでたわよ」

ハラちゃんも札入れを覗きこむ。そして、

「あっ、これ」

と、小さな声を洩らした。ママもハラちゃんの手元を見た。

「あら。これ、まだ財布に入れてるんだ」

さっき畳み直して隅に入れた、八千円のことである。

「万馬券、これで買って当たったんならドラマチックだったねえ」

ママが言う。

「ううん。このお守りがあったから当たったのかもしれないわよ」

ハラちゃんに笑顔で見つめられ、克子は、いやいや、あなたの予想ですから、と心中で答える。

「ところで、お二人とも、生《なま》でレース観なくていいんですか？」

この席からは、馬はだいぶ小さくしか見えないのだ。

「そうねえ、天気もいいし、外で見てもいいわねえ」ママが言うと、ハラちゃんが外を指さし、

「あそこに行って見られるの？　あそこって専用の券がないと行けないんだろうと思ってた」と、はしゃぎだした。

それからみな無言になって、ハラちゃんが買ってきたおつまみをもくもくと平らげ、それぞれ残っていたお酒を飲み干し、マークカードを大量に持って席を立った。

「波止場」がいい店だったことは間違いないが、店をとりまく死の気配だけはもう、ど

うしようもなかった。

克子の財布の隅に畳んで入っているお札に気づいたのは、ハラちゃんだった。店に置いてある煙草を克子が買っているときに目をとめたのだ。

「克子さん、そこに入ってるお札って、知らないうちにお財布のお金遣いきっちゃったときに、ああ、まだこれがあった、助かった～、ってなるように入れてあるの？」

と、まどろっこしい質問をしてきた。財布にそのお札が入っていることを克子自身が忘れかけていた時期だった。

「ああ、これは……」

克子は買った煙草の封を開け、一本取り出して吸い口をカウンターで軽く叩きながら、死んだ夫のことを話しはじめた。

夫は克子より二回り年上で、逆に身体は克子より二回り小さく、小鼠のようにはしっこく、こまめに動く男だった。しぜんと家計も通帳も夫が握るようになった。とはいえケチなところはまるでなく、克子には毎月の生活費のほか、小遣いもきちんと渡してくれていた。

その小遣いで、克子はたまに馬券を買った。散歩がてら自宅からいちばん近い場外に行くこともあったが、夫が新橋のウインズ近くのビルで警備員をやっていたので、夫に頼むことも多かった。

いつもお金を先に渡すのだが、その日はたまたま馬券の購入を頼み忘れていた。そんなときに限って、予想が当たる気がしてならない。克子は夫の携帯に電話をし、あとで払うから、と八千円分の馬券を頼んだ。

結果は、かすりもしなかった。

帰宅した夫は、妻の指示どおりに購入した、もはや一円の価値もない馬券をこたつの上に置いた。克子は気づかないふりをした。夕食を並べるついでに馬券の上に新聞紙をかぶせて見えなくした。

翌朝、こたつを拭いているとき目の端で馬券をとらえた。克子はわざと乱暴に新聞紙を畳み、馬券はこたつ布団の上を滑り落ちた。

克子の小遣い用の財布には八千円以上のお金が入っている。立て替えてもらったお金は、今すぐにだって返せるのだ。しかしなにが虚《むな》しいって、はずれたとわかっている馬券の代金を払うほど虚しいことはない。克子は馬券を見ないようにしながら指先でつまみ上げてチラシの間にはさみ、古新聞入れに押しこんだ。

夫は、きちっとした性格である。休日の喫茶店代を克子が生活費から払えば、「これは遊興費だから」と、自分のコーヒー代をあとから補塡《ほてん》してくるくらいきっちりしている。そんな夫が、八千円のことを忘れているはずがない。憶えていて言わないだけだ。克子のほうから返してくることを待って、黙って朝食の味噌汁をすすっているのだ。そう分かっていても、どうしても口惜《くや》しい。どうせ八千円払うなら、これから発走するレースの馬券を買いたい。

その朝、夫はなにも言わず仕事に出ていった。そうしてそれが最後になった。職場からの帰途、夫は心筋梗塞を起こして急死してしまったのだ。

二回り年上で、小さな夫。お見合いで初めて会った日から、いずれ自分が夫を見送ることになるだろうという覚悟はあった。それでも、こんなに急だとは思わなかったし、まさか馬券代を踏み倒したまま逝《い》かれてしまうとも思っていなかった。

永久に返せない八千円を、克子はつねに財布に入れておくことにしたのである。

話を聞いたハラちゃんは「お守りみたいなものね」と言ったが、そうではない。むしろ戒《いまし》めのつもりで入れはじめたのだった。財布を開くたび、八千円を払うことなく夫を死に追いやった自分を責めたいのだった。しかしハラちゃんに言われてみると、それはたしかに、いつしかお守りのようなものになっていた。夫の墓は遠く、家には仏壇もない。財布のなかの折り畳まれた八千円は、克子にとっては夫の遺影であり、位牌であり、お墓でもあった。

克子の述懐が終わったあと、美園ママは、自分も未亡人であるとぽつりと告げた。旦那さんはずいぶん若くして亡くなったのだと言う。

「いっしょに暮らしたのは二年にも満たないかねえ――」

「ふたりを引き裂いたのは、赤紙ですか？」克子が手に汗にぎって尋ねると、

「あんた、あたしを幾つだと思ってんだよ」

と、目をむいて叱りつけた。

その様子を、ハラちゃんはだまって見つめていた。克子が顔に飛んだママの唾《つば》を拭いながら振り向くと、ハラちゃんは「わたしは未亡人じゃないですよ」と慌てたように手を振り、「結婚どころか、身内もいないんだもの」と、いくぶん声を落とした。


「あれは、わたしが小学校五年生のときのことでした」

ハラちゃんが話しはじめると同時にママが煙草をもみ消したので、克子も倣《なら》って吸いさしを灰皿に突っこんだ。

「わたし、急に目が悪くなったの」ハラちゃんは自分の小さな目を指差す。ママはもう知っている話らしく、克子だけに向かって語りかけてくる。

視力が落ちていることに小学生のハラちゃんが気づいたのは、お母さんのエプロンにプリントされたイチゴが、よく見えなくなったからだった。薄桃色の地に赤いイチゴが散ったエプロンは、ハラちゃんのお気に入りだった。その日台所に立つお母さんのエプロンは、遠目にただのピンク色に見えた。

イチゴが見えない、と告げると、ハラちゃんのお母さんは「じゃあ、こんど視力測り

にいきましょう」と優しく言ってくれた。それを聞いたお父さんが、「誰が視力測るんだ?」と隣の部屋から顔を出した。ハラちゃんはお父さんのほうを向いたが、お父さんの眉毛や黒縁のメガネも霞《かす》んで見える。そればかりか、鼻と口の位置もよくわからないくらいだった。

遊びから帰ってきた弟の帽子についている野球チームのロゴも、いつも着ているTシャツに書かれた背番号も、数字はわかっているのによく見えない。これは重症だ。ハラちゃんは目をこすりながら、お父さんと同じような分厚いメガネをかけることを覚悟した。

「そこが子供よね。学校の黒板やお友達の顔はちゃんと見えてたのに、おかしいって思わないんだもの」ハラちゃんは水をひとくち飲んで話を続ける。

その週の土曜、ハラちゃんはいちばん仲良しの同級生の家に泊まりに行くことになっていた。先月その友達がハラちゃんの家に泊まりにきており、お返しのような形だった。日曜の昼までに帰宅し、それからお母さんと視力回復センターに行く予定だった。

その朝、友達の家での朝食は、イチゴが挟まれたパンケーキだった。じつはハラちゃんは、イチゴの見た目は好きだが、味そのものは好きではない。酸《す》っぱいからだ。でもよその家で好き嫌いを言うわけにはいかないので、唇をすぼめてパンケーキを口に運んだ。イチゴは予想どおり酸っぱかった。でもいっしょに挟んである生クリームのおかげで、酸味がほどよく中和され、ひどく美味しく感じた。ハラちゃんは大満足で、今度お母さんにも同じものを作ってもらおうと決め、小走りで家に向かった。

帰り道の最後の角を曲がったところで、たくさんの消防車と、救急車と、人だかりが見えた。空は涼しげに青く澄んでいて、火事が起きているわけでないことは子供でもなんとなくわかった。

ハラちゃんが人だかりに近づくと、「原山さんとこの娘さん」という声が上がり、近所のおじさんおばさんがおろおろしはじめた。ハラちゃんが不思議に思いながらも家に近づこうとすると、隣のおばさんがハラちゃんの肩に触れていっしゅん引き止めるような仕草を見せたが、おじさんが抑えた。それから道をふさいでいる人混みがしぜんと左右に分かれ、ハラちゃんはまっすぐ歩を進めた。家の目の前には消防車が停まっていて、ハラちゃんは車の脇から家のほうを覗き見た。

ハラちゃんの家は、なくなっていた。

家があったはずのところが、そっくり竹林になっている。

裏の崖が土砂崩れを起こしたということは、あとで知った。その瞬間のハラちゃんの目には、家がとつぜん竹林に姿を変えたようにしか見えなかった。崩れた崖の上にあった竹林が、家を潰したあとも形をとどめていて、そのように見えたのだった。

「それで、天涯孤独になったんです」

話が終わった合図のように、ママがライターの火を点《つ》ける。

「でも救いだったのは、みんな苦しむ間もなくあっという間だったろうって、一日でわかる状態だったことです。イチゴのエプロンも竹でぐさぐさで、ほんの端切れしか出てきませんでしたから」

顔をこわばらせるしかない克子に、ハラちゃんは、

「命のともしびの消えかけている人が霞んで見えたのは、あのときが最初で最後です。もう誰のことも霞んでは見えないので、克子さん、怖がらないで大丈夫ですよ」

と、いつもの笑顔を向けたのであった。


店にまとわりつく死の匂いは、従業員たちに限ったことではなかった。

そして結局、「死」が、店を閉店にいざなった。

スナック波止場の常連客は、定期的に亡くなった。

そういう年齢層なのだ、と言ってしまえばそれまでだが、割に年代問わず亡くなった。三カ月にひとりは亡くなっていたと思う。しかも、店にくる頻度の高い客から順繰りに死んでいくのだ。

「波止場」は、地元の奥方連中には評判が良くなかった。常連客のほとんどが近隣に住んでいながら、妻たちを連れてくることはまるでなかった。客のほぼ百パーセントが男

性だった。

きれいどころがひとりもいない、というのは客たちも面と向かって言っていたことだが、伝え聞いた妻たちの陰口はもっと辛辣《しんらつ》で、「婆さんとおかめと軍曹しかいないのに繁盛しているとこが薄気味悪い」というものであった。見目麗《みめうるわ》しからずであったことが、かえって同性の反感を招いたのである。わかりやすい美人に夫たちが群がっているほうが、よほど健全に映るのだろう。

おつまみの味つけが異常に濃いらしい、と謂《いわ》れのない疑いを持たれたこともあったし、あそこで出す酒にはメチルが混ざってる、と笑えないデマを吹聴《ふいちょう》されたこともあった。スナック波止場がスナック墓場と揶揄《やゆ》されるようになったのも、いわば自然な流れだった。

そんな評判だったから、常連客が死んでも美園ママはけしてお悔やみに行かなかった。ただお通夜の日の営業が終わったあと、亡くなったお客が好きだったお酒を三人で飲んだ。電器屋の主人のお通夜の晩、塩なしのソルティドッグを飲みながら、「わらじ」と呼ばれていたハラちゃんは静かに涙を流していた。

ある日克子が出勤すると、店の内部がいつもより暗かった。電球が切れかけているのかと思ったが、最新のＬＥＤ電球に付け替えたのは先週のことだ。首をひねりながら店の奥に進むと、カウンターの端で美園ママがうなだれている。

「克子かい」

「わ、びっくりした。ママ、今日はずいぶん早いんですね」美園ママはその日のお通しを家で仕込んで持ってくるので、ふだん出勤は三人のなかでいちばん遅い。

「――またいったよ」

行った、でも、言った、でもないことがすぐわかるのは、この店の従業員ならではだろう。克子は高齢の常連の顔を幾つか思い浮かべた。

そのあとママの口から出たのがドラッグストアの社長の名前だったので、克子は息を呑んだ。社長はまだ若いし、店でも無茶な飲み方はしなかったからだ。

その日の閉店後、お通夜の酒は一杯ではおさまらず、ママは十八年の白州一瓶をほぼひとりで空けた。それから三カ月が経ち、次はいったい誰が、と三人とも声に出さず恐れはじめたころ、「波止場」のオーナーが死んだ。

ヒートショックで、病院に運ばれたときはすでに心肺停止だったそうだ。オーナーは子沢山だったらしく、法定相続人が大勢いた。商店街にかかる貸地を受け継ぐことになった相続人は、まばらに空き地になっていた商店街の最果てをまとめて更地《さらち》にし、マンションを建てることを望んだ。

美園ママはなんの抵抗もしなかった。並びの店主たちと違って、ママは借地権者ですらない。克子たちと同じく、ただの従業員なのだ。

幸いなことに相続人は、オーナーのがめつさは受け継いでいなかった。交渉の最初から、三人には十分すぎる退職金を提示してくれた。

最後の営業日を十日後と定めてからも、美園ママもハラちゃんも、それまでと同じように接客をした。思い出を振り返るでもなく、今後の話をするでもなく、ただ客の話を聞き、おべんちゃらの混ざらない相槌をうち、濃いめに割った酒を出した。

最後の日の最後の客を送り出したあと、ママは「長年のご愛顧ありがとうございました」と書いた紙を店の外に貼った。ちかぢか閉店するということは誰しもがわかっていたが、今日が最後だということは客の誰にも話していなかった。

残っていたバーボンを、三人で、ストレートで飲んだ。

「それにしても、波止場はいつも繁盛していましたね」

二人が話し出さないので、珍しく克子が切り出した。するとママが、

「あたし、男を喰い物にしてきたのかねえ――」

と、煙草をくゆらせながら、遠い目をして言った。

「いやいや」

「喰い物にはしていないでしょう」

克子とハラちゃんは慌てて否定する。なんというか、それは、女であることを最大限利用してきた魔性系のバアのマダムに似合う台詞《せりふ》である。すくなくとも美園ママは、そ

ういう商売はしてきていない。

ママは、二人のこれからの仕事について訊いてきた。克子は湾岸エリアのビルの警備室で働くことが決まっており、来週早々から出勤です、と報告した。ハラちゃんは、以前から知り合いの喫茶店で出張占い師のようなことを昼間だけやっていたのだが、その日数を増やすことにしたのだという。けっこう客がついていて、以前から出勤日を増やすよう要望があったのだそうだ。

ママは「あたしは明日から年金暮らし」と笑い、吸殻に水をかけて火が残っていないことを十分確認してから、事業系のゴミ袋に入れた。そして店の灯りを落とすとき、小さな嗄れた声で、次に墓場に行くのはあたしかねえ――、と呟いた。

克子の手ほどきで、ハラちゃんは初めての馬券を買った。

パドックを見てから決めればいい、と克子は力説したのだが、ハラちゃんは、あたしは四月六日生まれだから四―六でいい、と、とても女の子らしい買い方をした。しかしその馬券は馬単三百倍という高配当で、しかもその一点に一万円つぎこんでいた。

コースに向かって歩いていると、ハラちゃんが、

「ねえ、克子さん。なにか通っぽい掛け声ってない？」

と訊いてきた。コースに向かって大声で叫びたいのだという。通っぽい掛け声――。

本物の〝通〟のひとびとの掛け声とは、差せっ、とか、まくれっ、とか、あとは自分の買った馬の番号を「来い、十二っ」「おいこら、七番」と叫んだりとか、他はせいぜい騎手の苗字《みょうじ》とか、きわめて短いものである。それらの吐き出された言葉が、巻き上がる土煙のような灰色のかたまりになっている。

「通っぽい、ねえ……」

「あっ、美園ママっ」

ハラちゃんが声を上げたので克子が見ると、ママが見当ちがいの方向に歩いている。

「美園ママっ、そっちは屋外の指定席――」

二人で止めに行くと、ママは席にぽつぽついる客たちを見て愉しそうにしている。

「波止場と同じような客層だから、美園ママうれしそう」

ハラちゃんが小さく克子に囁《ささや》く。

「聞こえてるよ」ママが言う。「しかし外も気持ちいいねえ。これがツインクルレースっていうんだね」

「いや、トゥインクルは夜にやるやつで、これは違いますよ」

「えーっ、あたしもこれがトゥインクルレースだと思ってたあ。じゃあなんていうの？」

「なにって、いうならば東京シティ競馬……」

「あっ、みそのママっ」

ママが通っぽいひとたちの群れに紛れこんで見えなくなりそうになっている。ハラちゃんは小柄な美園ママの肩を抱いて戻ってくる。

「ねえ、ハラちゃん。掛け声は、〝そのまま〟がいいよ」

「そのまま？」ハラちゃんは首をかしげる。

第四コーナーを回って直線に入ると、先頭グループが場外のモニターに大写しになる。そのときに、「そのまま」という声がよく上がる。自分の買っている馬が先頭にいるから、そのままの隊列でゴールまで来てくれ、という意味である。

「馬たちが、あの角を曲がってここの直線に入ってきたあたりで、そのまま、って言ってみ」

「そのまま、だけでいいの？」

ハラちゃんはピンと来ていないようだ。

各馬ゲートイン完了。すぐ発走。走り出した馬群の足音はまだ聞こえてこない。

美園ママとハラちゃんは「わあ」と言いながら向こう正面を目で追い、克子はターフビジョンを確認する。二、三、七。先行馬が順当に前を固めている。ハラちゃんが買った馬券は四―六の馬単一点。

先頭集団はメンバーの出入りがないまま第三コーナーから第四コーナーに向かってきた。そして直線に差し掛かる。二と三が先頭争い。もし「そのまま」ゴールまで来てしまったら、克子は幾らか買っているものの、ハラちゃんの馬券は紙くずだ。しかし「そのまま」の意味を考えないハラちゃんは、もとから可愛らしい声をさらに甲高《かんだか》くして、

「そのままーーーっ！」

　その場に飛び跳ねながら叫んだ。

　二ー三はほんとうにそのままやって来た。飛び跳ねたハラちゃんの長い髪が宙に舞ってからぱらぱらと彼女の背中に降り、その髪の向こうで、ハラちゃんの叫び声に反応したおじさんたちの嬉しそうな笑顔が、いくつもこちらを向いていた。

解説

森　絵都

本書『駐車場のねこ』（『スナック墓場』を改題）に収録されている「姉といもうと」を初めて読んだのは、第九十六回オール讀物新人賞の候補作としてだった。得も言われぬ不思議な魅力のある一作、というのが最初の印象で、選考会でも選考委員の多くがこの作品独自の持ち味を支持した。読み返すごとに訴えかけてくる仄《ほの》かな、しかし確かなオリジナリティ。小説世界に染み透るこの作者ならではのカラーがそこには既に芽生えていた。

両親を失った姉妹の静かな日常——「姉といもうと」の姉である里香は勤め先の会社が倒産して以来、家政婦を生業《なりわい》として暮らし、手の指が少ない妹の多美子は知人が経営するラブホテルに勤めている。本書全体を通して言えることだが、作中人物たちの身空は決して明るくない。どちらかといえば薄暗い境遇にある人々に、しかし、作者はユニークな角度から光を当てていく。あるいは、その内側にある光を引き出していく。

幸田文の「流れる」に刺激されて家政婦になった里香は、仕事中、憧れの「女中」になりきることで、他者からは計り知れない充実感を獲得する。「あるもので何とかする」が口癖の多美子も、ラブホテル勤務を後ろ暗く思うどころか、ゆくゆくはその経営をも受け継ごうという意欲で満々だ。二人に共通するのは世間体など構わず内なる充足に軸足を置いていることで、両親の逝去も、会社の倒産も、指の欠落も、なにものこの姉妹のどっかりとした平穏を揺るがしはしない。そこにあるのは過去を嘆くでも、未来を憂えるでもなく、ただ軽やかに現実を丸呑みする人間の姿だ。しかも、二人は決して肩肘を張っているわけではなく、至極自然にそうやって生きている。その天然のタフネスこそがこの作者が描く人物の身上ではなかろうか。

「ラインのふたり」に登場する霧子もなかなか強い。新卒で大手スーパーに就職した彼女は、二十五年に亘って経験とスキルを積んだ末、会社のいやがらせを受けて自主退職に追いこまれる。別のスーパーに勤めようにも求人がない。やむをえず倉庫内軽作業のアルバイトを始めるのだが、たとえそれがラインを流れる商品の単調な箱詰め作業であっても、彼女はそこに自分なりのやり甲斐を見出す。〈きまった時間のなかでひとつでも多くの完成品をつくろう〉と努め、うまくいけば満足し、うまくいかなければ落ちこみ、就業後は勤務先で親しくなった亜耶と社員の悪口を言って笑い合う。そこにも労働の手応えを他者に求めず、自分自身の中に求めることで、爽やかに日々を送る人間のたのもしい姿がある。

「スナック墓場」の克子は夫の死後、専業主婦から一転して水商売の世界へ飛び込み、〈流行らない商店街の最果てにあるスナック〉に雇われる。オーナーの死によってその店は畳まれることになるが、共に働いていた二人とはその後も毎年同窓会をしている。競馬が好きな克子の財布には常に折り畳まれた八千円が入っている。それは彼女が引ずるある後悔を物語るものだが、己の弱さから目を背《そむ》けることなく、戒《いまし》めとして常時携帯することで、克子はその紙幣をお守りのような存在にまで昇華させる。人生は大波小波をかいくぐる航海のようなものであり、一寸先に何があるのかは誰にもわからないけれど、そのようなお守りを持つことで、人は自分の中に厳とした錨を下ろすことができるのかもしれない、と感じさせてくれるエピソードだ。

　闇の中でこそ光は意味を持つ。その実証に満ちた短編が数多く収められている本書だが、人間の内奥に光るものだけではなく、人と人の繋がりから生まれる灯りもまた随所にちりばめられている。

「ラインのふたり」で霧子が敵視していた社員から差しだされる薬。

「姉といもうと」で荻野夫妻と姉妹が交わし合う人情。

「スナック墓場」で競馬に興じる三人のさっぱりとした友情。

各話で描かれているのは決して押しつけがましくないささやかな交情だ。それでいて、しかと読み手の胸を照らしてくれるし、残光が温もりとなっていつまでも留まる。それは、そこにある人間同士の関係が、作者の絶妙な距離感と愛情に支えられているためにちがいない。

そして、見落とすことのできないもう一つの光──本書の中でこれまた燦然ときらめいているのは、愛すべき変人たちの姿である。変人、が言いすぎならば、ちょっと風変わりな人たちと言い換えてもいい。普通なようでいて普通ではない、だからこそものすごく面白い、そんな人々が次から次へと登場するのである。

たとえば、「カシさん」の女性たち。下着までもクリーニングに出そうとする女客に最初こそ驚かされるものの、読み進めるにつれ、そつなく客の相手をしているクリーニング屋の妻の方にむしろ興味を引かれていく。夫に向かって「あなたって、乾いた雑巾《ぞうきん》みたいだもの」とあっけらかんと言い放つ妻。その言動のなんと神秘的なことだろう。果たして妻とカシさんのあいだに何があったのか、カシさんはクリーニング屋の男にどんな感情を抱いているのか、日常に潜むミステリーが読後も尾を引く一編である。

「駐車場のねこ」の治郎も謎の人だ。〈役者のような美男子〉でありながら、言葉遣いはべらんめえ調で、猫の餌やりを非難したふぐ屋の料理人に「こんちきしょうめ、若造が」などと映画でしか聞いたことのないような啖呵《たんか》を切ったりする。妙に色っぽいふぐ屋の女主人は果たして何を差し入れたのか、なぜ治郎は急に吐いたのか、ここでもまた書かれていない裏側に想像力を掻きたてられた。

「一等賞」は、酒の飲み過ぎでおかしくなったアラオを商店街の皆で見守る微笑ましい話だが、その商店街の一員であるユキの子供時代が語られると、彼女自身もまた些《いささ》か奇妙な癖を持つことが露見する。〈貧しくも健気《けなげ》な人間ごっこ〉。他者の前で自ら設定した自分を演じることに快感を覚えることは誰しもあるかもしれないが、寒い日に素足でつっかけを履いたり、寝癖をわざと直さずに買物に行ったりするとは、なかなか手が込んでいる。彼女が大学の演劇サークルに所属しているのもさもありなんである。

畢竟《ひっきょう》、世の中には平凡な人間など一人も存在せず、外側はすまして生きている私たちの誰しもが、その内側にとてつもなくへんてこな個性を隠し持っているのかもしれない。そんな感慨を誘う本書の作中人物たちから、敢えて個性派大賞を選ぶとしたら、私は「米屋の母娘」の益郎を推したい。態度の悪い米屋の母娘から、おかずの少ない弁当を買い続ける益郎。一口大のコロッケ三つ、すべて中身がなく皮だけであったにもかかわらず、なぜまた同じ店で弁当を買うのか――その心に灯る密やかなときめきを知っている以来、私は街で無愛想な店員を見かけるたび、彼らがどこかの誰かに愉悦を与えている可能性を考え、軽い可笑しみを感じられるようになった。どんな個性も大らかなユーモアをもって包みこむことで、マイナスをもプラスに転化させる。これぞ嶋津マジックだろう。

尚、この解説を書くに当たって、単行本刊行当時の著者インタビュー記事に目を通したところ、「普通、ということにはこだわりました。普通の人とか生活を描きたいという気持ちが強いので」という作者の言葉を見つけ、危うく椅子から転がり落ちそうになった。

どこまでも天然。処女作にして頑強なる「我が道」を見せてくれた新星、嶋津輝の小説をまた早く読みたい。

（作家）

初出　「オール讀物」
ラインのふたり　二〇一七年十月号
カシさん　二〇一七年三月号
姉といもうと　二〇一六年十一月号
駐車場のねこ　二〇一八年二月号
（「駐車場の猫」を改題）
米屋の母娘　二〇一八年五月号
一等賞　二〇一八年十月号
スナック墓場　二〇一九年一月号

単行本『スナック墓場』二〇一九年九月　文藝春秋刊
　文庫化にあたり改題しました

DTP制作　言語社

文春文庫

駐車場《ちゆうしやじよう》のねこ

定価はカバーに
表示してあります

2022年4月10日　第1刷
2024年8月15日　第2刷

著　者　嶋《しま》津《づ》輝《てる》
発行者　大沼貴之
発行所　株式会社 文藝春秋

東京都千代田区紀尾井町 3-23　〒102-8008
TEL　03・3265・1211(代)
文藝春秋ホームページ　http://www.bunshun.co.jp

落丁、乱丁本は、お手数ですが小社製作部宛お送り下さい。送料小社負担でお取替致します。

印刷・TOPPANクロレ　製本・加藤製本　Printed in Japan
ISBN978-4-16-791860-6

（　）内は解説者。品切の節はご容赦下さい。

浅田次郎
獅子吼《ししく》
戦争・高度成長・大学紛争――いつの時代、どう生きても、過酷な運命は降りかかる。激しい感情を抑え進む、名も無き人々の姿を描きだした、華も涙もある王道の短編集。（吉川晃司）
あ-39-19

浅田次郎
大名倒産（上下）
天下泰平260年で積み上げた藩の借金25万両。先代は「倒産」で逃げ切りを狙うが、クソ真面目な若殿は――奇跡の「経営再建」は成るか？　笑いと涙の豪華エンタメ！（対談・磯田道史）
あ-39-20

あさのあつこ
透き通った風が吹いて
野球部を引退した高三の渓哉は将来が思い描けず焦燥感にさいなまれている。ある日道に迷う里香という女性と出会うが……書き下ろし短篇「もう一つの風」を収録した直球青春小説。
あ-43-20

有栖川有栖
火村英生に捧げる犯罪
臨床犯罪学者・火村英生のもとに送られてきた犯罪予告めいたファックス。術策の小さな綻びから犯罪が露呈する表題作他、哀切でエレガントな珠玉の作品が並ぶ人気シリーズ。（柄刀　一）
あ-59-1

有栖川有栖
菩提樹荘の殺人
少年犯罪、お笑い芸人の野望、学生時代の火村英生の名推理、アンチエイジングのカリスマの怪事件とアリスの悲恋。「若さ」をモチーフにした人気シリーズ作品集。（円堂都司昭）
あ-59-2

有川　浩
三匹のおっさん
還暦くらいでジジイの箱に蹴りこまれてたまるか！　武闘派2名と頭脳派1名のかつての悪ガキが自警団を結成、ご近所に潜む悪を斬る！　痛快活劇シリーズ始動！（児玉　清・中江有里）
あ-60-1

青山文平
遠縁の女
追い立てられるように国元を出、五年の武者修行から国に戻った男が直面した驚愕の現実と、幼馴染の女の仕掛けてきた罠。直木賞受賞作に続く、男女が織り成す鮮やかな武家の世界。
あ-64-4

（　）内は解説者。品切の節はご容赦下さい。

青山文平
跳ぶ男
弱小藩お抱えの十五歳の能役者が、藩主の身代わりとして江戸城に送り込まれる。命がけで舞う少年の壮絶な決意とは。謎と美が満ちる唯一無二の武家小説。（川出正樹）
あ-64-5

阿部智里
烏《からす》に単《ひとえ》は似合わない
八咫烏の一族が支配する世界「山内」。世継ぎの后選びを巡る有力貴族の姫君たちの争いに絡み様々な事件が……。史上最年少松本清張賞受賞作となった和製ファンタジー。（東　えりか）
あ-65-1

阿部智里
烏《からす》は主《あるじ》を選ばない
優秀な兄宮を退け日嗣の御子の座に就いた若宮に仕えることになった雪哉。だが周囲は敵だらけ、若宮の命を狙う輩も次々に現れる。彼らは朝廷権力闘争に勝てるのか？（大矢博子）
あ-65-2

朝井リョウ
武道館
【正しい選択】なんて、この世にない。「武道館ライブ」という合言葉のもとに活動する少女たちが最終的に〝自分の頭で〝選んだ道〟とは——。大きな夢に向かう姿を描く。（つんく♂）
あ-68-2

朝井リョウ
ままならないから私とあなた
平凡だが心優しい雪子の友人、薫は天才少女と呼ばれる。成長に従い、二人の価値観は次第に離れていき、決定的な対立が訪れるが……。一章分加筆の表題作ほか一篇収録。（小出祐介）
あ-68-3

安東能明
夜の署長
新米刑事の野上は、日本一のマンモス警察署・新宿署に配属される。そこには〝夜の署長〟の異名を持つベテラン刑事・下妻がいた。警察小説のニューヒーロー登場。（村上貴史）
あ-74-1

安東能明
夜の署長2
密売者
夜間犯罪発生率日本一の新宿署で〝夜の署長〟の異名を取り、高い捜査能力を持つベテラン刑事・下妻。新人の沙月は新宿で起きる四つの事件で指揮下に入り、やがて彼の凄みを知る。
あ-74-2

（　）内は解説者。品切の節はご容赦下さい。

安東能明
夜の署長3　潜熱
ホスト狩り、万引き犯、放火魔、大学病院理事長射殺。夜間犯罪発生率日本一・新宿署の「裏署長」が挑む難事件。やがて20年前の因縁の事件の蓋が開き……人気シリーズ第3弾！
あ-74-3

明石家さんま　原作
Ｊｉｍｍｙ
一九八〇年代の大阪。幼い頃から失敗ばかりの大西秀明は、高校卒業後なんば花月の舞台進行見習いに。人気絶頂の明石家さんまに出会い、孤独や劣等感を抱きながら芸人として成長していく。
あ-75-1

浅葉なつ
どうかこの声が、あなたに届きますように
地下アイドル時代、心身に傷を負った20歳の奈々子がラジオアシスタントに。「伝説の十秒回」と呼ばれる神回を経て成長する彼女と、切実な日々を生きるリスナーの交流を描く感動作。
あ-77-1

浅葉なつ
神と王　亡国の書
弓可留国が滅亡した日、王太子から宝珠「弓の心臓」を託された慈空。片刃の剣を持つ風天、謎の生物を飼う日樹らと交わり、命がけで敵国へ——新たな神話ファンタジーの誕生！
あ-77-2

浅葉なつ
神と王　謀りの玉座
琉劔の若き叔母であり、虫を偏愛する斯城国副宰相・飛揚。ある小国の招待を受けたが、現王に関する不吉な噂を耳にする——「世界のはじまり」と謎を追う新・神話ファンタジー第二巻。
あ-77-3

天祢　涼
希望が死んだ夜に
14歳の少女が同級生殺害容疑で緊急逮捕された。少女は犯行を認めたが動機を全く語らない。彼女は何を隠しているのか？捜査を進めると意外な真実が明らかになり……。（細谷正充）
あ-78-1

天祢　涼
葬式組曲
喧嘩別れした父の遺言、火葬を嫌がる遺族、息子の遺体が霊安室で消失……社員4名の北条葬儀社に、故人が遺した様々な〝謎〟が待ち受ける。葬式を題材にしたミステリー連作短編集。
あ-78-2

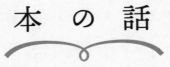